Kemmer ermittelt...

Die unspektakulären Erlebnisse des Rayoninspektors Albin Kemmer

Band 9   3.- Euro

Der Reporter

Kemmer Noir

32 Seiten Spannung!   Der Kriminalroman von dem ganz Wien spricht!

Leserpost

Ich bin froh, dass mich meine Exfrau auf die Heftreihe gestoßen hat. Somit habe ich erkannt, dass sie einen grottenschlechten Geschmack hat und mich scheiden lassen. *Hubert, Graz*

Man kann dieses Niveau nicht mehr unterbieten. Somit ist es zumindest auch irgendeine leistung. *Sandra, Wien 18*

Es ist mir immer wieder eine Freude, einen Kemmer-Roman, ohne gröberen Schäden, zu überstehen. *Karl, Währing*

Ich bin sehr glücklich, in unregelmässigen Abständen und völlig willkürlich, ein neues Heft lesen zu können. *Helga U., Simmering*

Falls sie mal kein Klopapier zu Hause haben, bieten sich die Kemmerromane unweigerlich an. Es gibt keine bessere Verwendung dafür! *Alois, Wien 9*

Das Beste wäre, man stellt die Serie ein!. *Peter A., Aspern*

Hoffentlich ist die Auflage nicht zu hoch, ich könnte bei einer solchen Umweltverschmutzung nicht einfach so zusehen. *Frank, Berlin*

copyright 2025 Johannes Girmindl

Verlag: BoD · Books on Demand GmbH, In de Tarpen 42, 22848 Norderstedt, bod@bod.de
Druck: Libri Plureos GmbH, Friedensallee 273, 22763 Hamburg

ISBN: 978-3-7693-1577-6

Kemmer ermittelt

Der Reporter

Der Grund, warum ich den Auftrag angenommen hatte, war recht schnell erklärt. Es herrschte seit Wochen schon eine Flaute an Aufträgen, oder lassen sie mich es so ausdrücken: bis auf mich und meine Sekretärin, hatte es in diesem Büro kein nennenswertes Aufkommen an Personen gegeben. Aber lassen sie mich von vorne beginnen, am Anfang, wie man so zu sagen pflegt. Ich saß hinter meinem Schreibtisch, drehte mir eine Zigarette und lauschte den Regentropfen wie sie ans Fenster klopften. Ich hatte Barbara, meiner Sekretärin freigegeben, es war schon über fünf Uhr am Nachmittag und die Aussicht auf Kundschaft hielt sich in Grenzen. Ich dachte über mein Leben nach, ob es einen verborgenen Sinn hatte, der sich mir bislang noch nicht gezeigt hatte, oder ob alles lediglich Zufall war. Ich war gedanklich bei meiner ersten Ehe angekommen, hatte beschlossen, dass es unmöglich war, dort einen Sinn zu finden, als es leise klopfte. Im ersten Moment

Kemmer ermittelt...
Der Reporter

reagierte ich gar nicht, da ich das Klopfen als weiteres Störgeräusch des nicht aufhören wollenden Regens abtat. Doch die Knöchel die sich an meiner Scheibe zu schaffen machten, betätigten sich ein weiteres Mal. Es ließ sich nicht leugnen: jemand wollte zu mir.

*

Argwöhnisch ließ sie ihren Blick über den gepolsterten Stuhl gegenüber meines Schreibtisches gleiten. Mit offensichtlichem Widerwillen ließ sie sich letztendlich aber doch nieder. Sie schlug ihre endlos langen Beine übereinander und würdigte mich keines Blickes. Dann suchte sie etwas in ihrer Tasche, zog das gefundene Etui hervor, öffnete es und steckte sich eine ihrer Zigaretten zwischen die Lippen. Ich versuchte an etwas anderes zu denken während ihr Feuerzeug aufflammte. Sie blickte mich an während sie langsam den Rauch aus ihren Lungen blies. Stille. Absolute Stille. Doch bevor ich es war, der diese Stille zu brechen hatte, sagte sie, als wären wir schon mitten im Gespräch: „Mein Mann ist Reporter."

„Das soll vorkommen."

„Sie sind von der lustigen Abteilung, dachte mir gleich, dass es einen Haken geben würde."

„Das gehört zur Strategie, das Eis zu brechen."

„Ging ja ordentlich daneben. Finden sie mich zu kalt, wenn sie glauben das Eis brechen zu müssen?"

„Ich kenne sie nicht."

„Eben. Und das ist auch nicht unbedingt erforderlich."

„Lassen sie uns zur Sache kommen, warum sind sie hier?"

„Weil ich ihre Hilfe brauche."

Und das entsprach den Tatsachen. Wie erwähnt, war ihr Mann Reporter. Und er war schwarz. Keine große Sache, so etwas kam vor, nur in bestimmten

Kreisen war es immer noch ein Anlass dazu, als etwas Obskures, etwas Außergewöhnliches – und das nicht im positiven Sinne – gesehen zu werden. Natürlich war sie aus gutem Hause und natürlich hatte diese Eskapade, zumindest sah es ihre Familie so, zum endgültigen Zerwürfnis mit ihren Eltern, Brüdern, Schwestern und Onkeln und Tanten, und was sonst noch so gab, geführt. Der Glanz und vor allem das Geld waren weg und sie saß mit ihrem Reportergatten in der ungewohnten 6-Zimmer-Wohnung im achten Bezirk. Natürlich hatte sie ihre monatliche Zuwendung, die daraus resultierte, dass ihr, seit der Volljährigkeit, natürlich auch ein Teil des Familienbetriebs gehörte. Die einzige verbliebene Verbindung zur Familie. Aber das tat nichts zur Sache. Ihr Mann, der Reporter, war seit gut einer Woche nicht mehr im gemeinsamen Schlafzimmer vorstellig gewesen, hatte nichts von sich hören lassen und war auch nicht, auch nur kurz, in der gemeinsamen Wohnung aufgeschlagen. Zur Beunruhigung seiner Gattin und vor allem im krassen Widerspruch zu seinem

Kemmer ermittelt...
Der Reporter

sonstigen Verhalten.

„Normalerweise kommt er regelmäßig. Wir führen eine glückliche Ehe, wenn sie verstehen was ich damit meine."

Ich verstand und stellte es mir den Bruchteil einer Sekunde lang vor. Um während meiner Dienstzeiten nicht abgelenkt zu sein, versuchte ich mich umgehend wieder auf das Wesentliche zu konzentrieren. Was das in diesem Moment genau war, konnte ich auch nicht so genau festmachen. Ich hing gerade an ihren Beinen als sie sagte: „Wollen sie den Fall übernehmen?"

Ich wusste noch nicht so recht ob ich das wollte. Einen schwarzen Reporter in Wien zu suchen war jetzt nicht gerade eine der Herausforderungen, nach der ich mich all die langen Jahre verzehrt hatte, dafür hatte ich nicht meinen Brotjob an den Nagel gehängt und

Kemmer ermittelt...
Der Reporter

war Privatdetektiv geworden, dafür nicht. Sie war da das bessere Argument.

„Hundert am Tag. Plus Spesen."

„Was verstehen sie unter Spesen?"

„Spesen werden nicht aufgeschlüsselt."

Stille.

„Einverstanden. Wie lange werden sie brauchen?"

„Das kann ich erst, nachdem ich ein wenig umgesehen habe, einschätzen. Wenn sie also einverstanden sind, benötige ich einige weitere Informationen. Für welche Zeitung hat ihr Mann gearbeitet, woran hat er in letzter Zeit gearbeitet, welche Freunde gibt es, Kollegen. Gibt es jemand mit dem er verfeindet war? Und die wohl brisanteste Frage: Gibt es andere Frauen?"

„Nein."

„Nein, was?"

„Mein Mann hat keine Affäre und schon gar kein Verhältnis. Auch nicht in der Vergangenheit. Seit wir verheiratet sind."

„Gut, Feinde?"

„Nun, es gibt sicher einige, denen manche seiner Storys nicht gepasst haben, aber, dass ihn jemand deswegen verschwinden lassen würde, glaube ich nicht."

„Woran hat er in der jüngsten Vergangenheit gearbeitet?"

Sie wusste es auch nicht, oder sie wollte es mir nicht sagen, was natürlich wenig Sinn machen würde, wenn sie mich wirklich engagiert hatte, um ihren Mann zu finden. Sie gab mir noch eine Nummer unter der ich sie erreichen konnte, dann stand sie auf, legte mir fünf Scheine auf den Schreibtisch und verließ wortlos mein Büro. Ich nahm mir meine Selbstgedrehte, steckte sie mir in den Mund und zündete sie an. Der Rauch stieg zur Decke und kreiste dort mit meinen Gedanken um die Wette. Warum war sie eigentlich nicht zur Polizei gegangen? Heutzutage war es doch nichts Außergewöhnliches mehr, wenn einer schwarz war, oder gelb, oder was auch immer. Obwohl in unseren Breiten das Fremde, wenn es optisch umgehend erkennbar war, als exotisch angesehen und nur in kleinen Dosen akzeptiert wurde. Ich war mir aber trotzdem sicher, dass es sich nicht um ein diesbezügliches Motiv handeln würde. Er war Reporter gewesen - oder war es immer noch – das war die Spur, an die ich mich anhängen musste. Ich dämpfte meine Zigarette im Aschenbecher aus, in jenem Aschenbecher den mir meine zweite Frau zur Eröffnung meines Büros geschenkt hatte, und wusste, dass ich etwas zu tun hatte. Zu Hause würden meine beiden Katzen auf mich warten. Sie kamen grundsätzlich ganz gut ohne mich zu Recht, füttern konnten sie sich nicht alleine. Obwohl, meistens übernahm das Barbara. Die hatte ich heute aber schon heimgeschickt, damit sie für ihren Mann das brave Hausweibchen spielen konnte und er ein warmes Abendmahl auf dem Tisch stehen hatte, wenn er aus seinem Büro kommen würde. Dass sie für mich manchmal mehr tat, als nur meine

Kemmer ermittelt...
Der Reporter

beiden Katzen zu füttern, davon hatte er keine Ahnung. Ich zog mir meinen Mantel über, versperrte hinter mir die Bürotür und stieg die Stufen hinab. Als ich aus dem Haus trat regnete es immer noch in Strömen.

*

Die einzige Redaktion, die John Muller ein Büro, wenn auch nur an bestimmten Wochentagen, zur Verfügung gestellt hatte, war die des Abendblattes. Eine konservative Tageszeitung, welche enge Kontakte zur Wirtschaftspartei und zur Wirtschaft selbst pflegte, aber keinerlei Vorurteile aufgrund der Hautfarbe ihres Mitarbeiters hatte. Hier ging es ausschließlich um Leistung, die Pigmente waren egal und Muller hatte Leistung gebracht. Es war nicht schwer zu seinem zuständigen Redakteur

Kemmer ermittelt...
Der Reporter

durchzudringen und einen, wenngleich auch nur kurzen, Termin für ein Gespräch zu bekommen.

„Ich kann ihnen nicht genau sagen, woran John gearbeitet hat. Er war ein wenig investigativ unterwegs, nichts Großes, ich würde sagen, er hat meistens nur an der Oberfläche gekratzt, ein oder zwei Artikel zum Thema verfasst und hatte den Rest, wenn wirklich viel dahinter steckte oder wenn es ein viel versprechende Story gewesen wäre, anderen überlassen."

„Hat er sich durch seine Arbeit auch Feinde gemacht?"

„Wer hat die nicht, Kemmer? Aber ganz unter uns, er war vollkommen irrelevant, vielleicht hatte er ein paar Verstimmungen hie und da ausgelöst, aber sonst? Er war eine Nummer zu klein, um etwas zu bewegen und um Aufsehen zu erregen. Abgesehen davon sind wir in Wien, wir sind nicht in Chicago oder San Francisco. Bei uns hält man den Ball flach."

Er mochte Recht haben, dass sich Muller keine Feinde gemacht hatte. Dass man bei uns den Ball aber flach halten würde, diese Zeiten waren schon lange vorbei. In Wien verschwand man genauso wie in anderen Metropolen, Wien war da gar nicht anders geblieben. Ich hatte den Kaffee nicht angerührt, den mir die Sekretärin wortlos, aber mit einem vielversprechenden Lächeln hingestellt hatte. Ich hatte keine Lust darauf Redaktionskaffee zu trinken. Wobei, seit die Espressovollautomaten die Filtermaschinen abgelöst hatten, konnte man die Plörre mittlerweile schon hinunterschütten. Auf den Weg hinaus zündete ich mir eine Zigarette an. Das Stiegenhaus erwähnte zwar dezent ein geltendes Rauchverbot, großzügig übersah ich es aber. Ich war da flexibel. Der Regen hatte mittlerweile nachgelassen. Nach drei Tagen am Stück, war das das Mindeste, was die Wetterfee für die geplanten Menschen auf den

Straßen tun konnte. Ich blickte zum Himmel und konnte trotz allem keinen Sonnenstrahl erblicken. Eine dichte Wolkendecke schien nichts Gutes zu verheißen. Ich nutzte die kurze Trockenzeit und machte mich auf den Weg in den nächstgelegenen Pub. Ich setzte mich an die Bar, bestellte mir einen Doppelten, lehrte das Glas und ließ es wieder auffüllen. Es sprach nichts dagegen schon vor der Mittagszeit einen leichten sitzen zu haben. Es machte das Denken leichter, man war dann nicht mehr so fixiert auf eine Möglichkeit. Man konnte abschweifen ohne sich wieder am Riemen zu reißen um auf der ohnehin schon ausgefahrenen Strecke zu bleiben. Lösungen lagen meist versteckt hinter Abzweigungen, die man in nüchternem Zustand nicht nehmen würde. Die Wahrheit präsentierte sich einem nicht auf einem Silbertablett, nicht einmal auf einem Holzbrett; ich glaube, ich habe sie überhaupt noch nie gesehen. Aber das ist ein anderes Thema. Durch die großzügige Scheibe des Lokals konnte ich sehen, dass es wieder zu regnen begonnen hatte. Was blieb mir anderes übrig, als mir eine weitere

Kemmer ermittelt...
Der Reporter

Runde zu gönnen. Ich bestellte mir ein dunkles Bier zu meinem Whiskey, ich musste etwas vorsichtig sein, ich wusste ja nicht, wann der Regen wieder nachlassen würde.

*

Das Taxi setzte mich direkt vor meiner Haustüre ab. Ich bezahlte den Fahrer, gab ein großzügiges Trinkgeld, – es waren ja lediglich Spesen – und stieg dann die zwei Stockwerke zu meiner Wohnung hinauf. Ich steckte den Schlüssel ins Schloss, sperrte auf und trat ein. Was mich erwartete, war die gewohnte Leere, die mir mein Vorzimmer bot. Ich entledigte mich meines Mantels, hängte den Hut auf einen Haken und ging direkt ins Wohnzimmer. Auf dem Plattenspieler lag Miles. Ich gab ihm eine Chance und holte mir

Kemmer ermittelt...
Der Reporter

den Whiskey aus der Küche. Ein Glas stand noch am Tisch neben der Couch. Ich ließ mich fallen und lauschte den unkonventionellen Tönen aus Miles` Trompete. Ich wusste, dass er mir etwas mitteilen wollte, was es war, konnte ich aber zu diesem Moment beim besten Willen nicht sagen. Nach dem zweiten Glas döste ich langsam weg.

Als mich das Schrillen meines Telefons wieder in die Realität zurückholte, drehte sich Miles nur noch in der Auslaufrille und hatte mir nichts mehr mitzuteilen. Das Telefon hatte nun die Führung übernommen und versuchte sich durch ein abermaliges Schrillen in den Vordergrund zu spielen. Ich setzte mich auf und beschloss, sollte es ein weiteres Mal läuten, würde ich es freundlicherweise abnehmen. Und abermals schrillte der Apparat. Ich erbarmte mich und stand auf. Kurz darauf hielt ich den schweren Hörer des Telefonapparates in der Hand und sagte: „Ja, Kemmer."

„Bearbeiten sie das Verschwinden von John Muller?"

„Wenn dem so wäre, könnte ich es ihnen nicht sagen, wer spricht denn?"

„Fragen sie bei Magnus nach."

„Wer spricht denn?"

„Bei Magnus, haben sie verstanden? Fragen sie bei Magnus nach!"

Die Frauenstimme, die in anderen Situationen wohl auch eine andere Wirkung auf Männer wie mich haben würde, war längst in den Weiten der Telefonleitungen verschwunden. Sie hatte aufgelegt und mich mit einem nicht enden wollenden Tuten alleine gelassen. Ich legte den Hörer zurück auf die Gabel und begab mich wieder in mein Wohnzimmer. Nachdem sich Miles reichlich bemüht hatte mir etwas mitzuteilen, übernahm nun Monk das Feld, vielleicht hatte ja er Neuigkeiten. Der Fall an sich, begann nun mein Interesse zu wecken. So etwas kam nicht alle Tage vor. Ein anonymer Anruf, der einen auf eine Fährte locken sollte, von der man nicht wusste ob sie einen voranbringen oder aber nur ablenken sollte. Ich zündete mir eine Zigarette an, ließ mich mit einem halbvollen Glas ein weiteres Mal auf die Couch sinken und schenkte vorerst einmal Monk meine volle Aufmerksamkeit, er hatte sie sich redlich verdient.

*

Die Straßen von Wien waren auch nicht mehr das, was sie einmal gewesen waren. Gott sei Dank sorgte der Regen dafür, dass sich nicht allzu viele Menschen auf dem Gehsteig fortbewegten. Die wenigen, welche mir unterkahmen, stellten sich in Hauseingängen unter, nutzten Dachvorsprünge oder waren überhaupt daheim geblieben, um es zu vermeiden, einen Fuß vor die Türe zu setzen. Ich selbst war unterwegs. Es blieb mir auch nichts anderes übrig. Ich hatte einen Auftrag bekommen und ich hatte Hinweise bekommen. Naja, ich hatte einen Namen bekommen. Anonym am Telefon.

Kemmer ermittelt...
Der Reporter

Die Station der Straßenbahn lag fünfzig Meter vor mir und ich sah die Waggons schon um die Ecke biegen. Ich legte einen Zahn zu und befand mich, noch bevor der Tramwayzug hielt, schon in der Station. Ich stieg ein und setzte mich in die letzte Reihe. Genau genommen war es der letzte Sitz. Im Wageninneren dampfte es. Die Feuchtigkeit, welche die Fahrgäste mit in den Waggon brachten, erfüllte den Raum. Die Scheiben waren beschlagen und es lag ein unangenehmer Geruch in der Luft. Der Regen wusch die Straßen und er wusch so einiges aus den Kleidungsstücken der Menschen. Dass er die Menschen selbst wegwusch, passierte leider all zu selten. Heut war wieder so ein Tag, an dem mir alle gestohlen bleiben konnten. Ich war verkatert aufgewacht, nicht dass ich das nicht gewohnt war, im Gegenteil, ich konnte mit einem klaren Kopf einfach nichts anfang-

Kemmer ermittelt...
Der Reporter

en, nur heute fehlte mir der Antrieb, den ich an anderen Tagen sonst verspürte. Zumindest an Tagen, an denen ich mein Geld verdienen konnte. Der Kaffee machte mich zwar munter, doch zurück ins Leben brachte mich eine eiskalte Dusche. Danach blätterte ich das Teefonbuch durch und suchte mir die Adresse von Magnus heraus. Magnus war ein renommiertes Architektenbüro mit Sitz im 8. Bezirk, ein eigenartiger Zufall oder aber auch nicht. Ich würde es herausfinden. Ich nutzte die Fahrt und drehte mir ein paar Zigaretten. Der große Nachteil, den mir das Drehen bescherte war, dass ich keine griffbereiten Kippen hatte. So war es zur Gewohnheit geworden, freie Zeit dementsprechend zu nutzen. In der Regel hatte ich viel freie Zeit. Da ich mittlerweile ein geübter Zigarettendreher geworden war, stieg ich mit elf neuen Kippen aus der Tramway. Es regnete ausnahmsweise nicht und der Moment schien mir gewogen. Ich querte die Fahrbahn und befand mich direkt vor dem Haus mit der Nummer 67. Eine glänzende Fassade gab schon mal die Parole aus. Hier wurde geprotzt. Der Firmensitz zog sich über mehrere Stockwerke bis unter das ausgebaute Dach. Man tat das seit geraumer Zeit in der Stadt. Es war ein lukratives Geschäft, durch den Baulärm und den anfallenden Staub wurde man unliebsame Mieter los, wenn man nur lange genug mit den Umbauarbeiten zu Gange war. Oder man täuschte Wassergebrechen vor, stellte den Menschen den Strom ab weil die Leitungen angeblich defekt waren und versuchte so, sie mürbe zu machen. In vielen Fällen funktionierte das auch, in den seltensten gab es Widerstand. Ich betrat das Haus durch den offenen Eingang und hatte umgehend eine Eskorte an meiner Seite. Der Portier, eine Seltenheit mittlerweile, hatte in unbeschreiblicher Geschwindigkeit Wachpersonal verständigt, dass mir nun treu zur Seite stand.

„Zu wem wollen sie?"

„Ich habe einen Termin mit Herrn Ingenieur Gruber."

„Es gibt hier keinen Ingenieur Gruber."

„Nun, einen Versuch war es wert gewesen. Ich konnte ja nicht wissen, dass ich mich hier in einer Außenstelle von Fort Knox befand, zumindest was die Bewachung betraf.

„Ich muss sie bitten zu gehen, wenn sie keinen Termin haben."

„Ich möchte meine Wohnung ausbauen lassen", versuchte ich es ein weiteres Mal," sie werden doch wohl nichts gegen Kundschaft haben.

„Ich glaube nicht, dass ihre Wohnung die Dimension unseres üblichen Auftragsvolumens erfüllt. Es tut mir leid, gehen sie jetzt bitte."

Ich machte mich aus dem Staub. Eine hirnverbrannte Idee war das gewesen, einfach hierher zu fahren, ohne Recherche. Naja, man konnte es ja mal versuchen. Ein glatter Anfängerfehler und das in meinem Alter, unverzeihbar. Ich sah mich auf der Straße um und erblickte ein kleines Ecklokal, ganz nach meinem Geschm-

ack. Ich stieß die Türe auf und ließ mich auf den ersten freien Platz neben der Tür fallen.

*

Ich kam erst am späten Nachmittag in mein Büro. Barbara war eine solche Arbeitsmoral von mir gewohnt. Sie sah kurz auf als ich an ihr vorbei ging und feilte dann weiter an ihren Fingernägeln. Ich saß bereits eine Weile hinter meinem Schreibtisch, rauchte eine meiner selbstgedrehten und hatte ein Glas Milch vor mir stehen, als Barbara mein Büro betrat.

„Dieser Umschlag wurde für sie abgegeben."

„Wer hat ihn gebracht?"

„Kann ich nicht sagen, ich war gerade am Klo. Hab nur gehört,

Kemmer ermittelt...
Der Reporter

dass jemand reinkam. Als ich wieder da war, lag der Umschlag auf meinem Tisch, sonst war keiner mehr da."

Barbara war nicht die hellste Kerze auf der Torte, nie gewesen, aber sie hatte ihre Qualitäten. Eine davon war, dass sie zuverlässig und pünktlich jeden Tag von neun bis fünf Uhr im Vorraum meines Büros saß. Mehr erwartete ich gar nicht von ihr, zumindest nicht gegen Bezahlung. Barbara wackelte aus meinem Büro und ließ die Tür hinter sich zufallen. Der Umschlag hatte einiges an Gewicht und war gut gefüllt. Ich riss ihn auf und zog einen Stoß Papiere daraus hervor, den ich vor mich hinlegte und vorerst einmal so liegen ließ. Ich rauchte weiter an meiner Zigarette und trank, nachdem ich meine Selbstgedrehte im Aschenbecher abgedämpft hatte, das Glas Milch in einem Zug leer. Milch würde

entgiften, hatte meine Mutter immer gesagt. Ich trank sie also aus Gewohnheit mit diesem kleinen Hintergedanken. Wenn dem nicht so war, schadete es wenigstens nicht.

Der Inhalt des Umschlags bestand mindestens zu zwei Dritteln aus Rechnungen. Ein paar Kopien von Plänen fanden sich auch darunter, Listen mit Namen und Kontonummern. Ich blätterte mich ein wenig durch die Unterlagen. Sie sagten mir gar nichts. Ich hielt nach dem Namen Magnus Ausschau, konnte ihn aber nicht finden. Nun ja, ich würde den Umschlag samt Inhalt einem befreundeten Anwalt übermitteln, Barbara konnte das übernehmen, vielleicht konnte der sich ja einen Reim darauf machen. Ich läutete nach ihr.

„Was gibt's denn?" Mit unschuldigem Blick stand sie vor meinem Schreibtisch.

„Bringen sie bitte den Umschlag zu Dr. Kramer, er soll sich das mal ansehen; und lassen sie ihn schön grüßen."

„Jetzt gleich?"

„Naja, wann denn sonst?"

„Es regnet!"

„Ausgezeichnete Beobachtungsgabe."

Etwas verstimmt verließ sie den Raum. Ein wenig Regen würde ihr nicht schaden, das konnte ich als Arbeitgeber verantworten. Und außerdem würde es ja nicht das erste Mal sein, dass sie nass würde. Meine Mundwinkel ließen es sich nicht nehmen und verzogen sich zu einem leichten Grinser. Ich steckte mir die letzte, vorbereitete Selbstgedrehte in den Mund, ließ das Feuerzeug aufflammen und inhalierte den ersten Zug tief in meine Lunge. Dann stand ich auf. Das Radio stand auf einem Seitenboard an der linken Wand meines Büros. Ich drehte an den Knöpfen. Leise begann jemand mir zu erzählen, was es derzeit für Neuigkeiten im Jemen gab. Bei allem Respekt, es war mir gerade scheißegal. Nach einer kleinen Störung hatte ich einen Regionalsender angepeilt, den ich, so schnell ich ihn auch gefunden hatte, wieder hinter mir ließ. Die Klaviermusik, war das Tschaikowsky, durfte bleiben. Ich setzte mich wieder an meinen angestammten Platz und blies Ringe in die Luft. An die Scheibe

meines Büros klopfte weiterhin der Regen. Ich würde die Nacht hier verbringen

*

Ich wachte kurz nach halb vier Uhr morgens auf. Der Stuhl in dem ich die letzten Stunden verbringen durfte, hatte etwas gegen mich. Mein Nacken war total verspannt und mein linker Arm hatte ebenso, ausgelöst durch eine verminderte Blutzufuhr, die letzten Stunden im Tiefschlaf verbracht. Ich konnte ihn nur mit Mühe bewegen. An die Fensterscheiben meines Büros klopfte immer noch, der mittlerweile vertraute Regen. Ich erhob mich und holte mir die Whiskeyflasche vom Schreibtisch. Ein halbvolles Glas änderte zwar nicht viel an der vorherrschenden Situation, zeigte aber zumindest in

Kemmer ermittelt...
Der Reporter

die richtige Richtung. Nachdem mein linker Arm mittlerweile wieder etwas munterer zu sein schien, dreht ich mir eine Zigarette, die ich mir umgehend anzündete. Man sagt, diese Zeit sei die einsamste des ganzen Tages. Und natürlich befand man sich ein wenig im Niemandsland. Die Stadt schlief tief und fest, ich war alleine im Büro – ebenso alleine würde ich auch in meiner Wohnung sein - und die Gedanken, die um mich herumschwirrten, hatten wenig mit dem Fall an sich zu tun. Ich fragte mich, warum manche immer noch Probleme mit anderen aufgrund deren Hautfarbe hatten, warum Kinder grundsätzlich, wenn es um ihre Eltern ging, nicht aus dem Trotzalter herauskamen, solche Dinge gingen mir durch den Kopf. Und verstehen sie mich bitte nicht falsch, ich bin der Letzte, der an irgendwelchen

Schrauben drehen möchte um die Welt zu verbessern, im Grunde lebte ich ja von den Abgründen der Gesellschaft, von den Geheimnissen der Menschen, von ihren insgeheimen Lüsten und ihren Moralübertretungen, sofern sie überhaupt eine hatten. Was ich nur nicht verstand war, dass es sich manche wirklich absichtlich schwerer machen mussten als nötig. Der Rauch tat mir gut und der Whisky tat sein Übriges dazu. Die Stehlampe hinter mir schafft es gerade noch, den Raum in ein diffuses Licht zu tauchen, mehr benötigte ich ohnedies nicht. Barbara lag bei ihrem Mann im Bett, zumindest nahm ich das an. Andererseits konnte es natürlich auch sein, dass er selbst noch unterwegs war. Als Vertreter hatte man keine geregelten Arbeitszeiten und somit auch keinen Feierabend. Und immer eine gute Ausrede parat, warum man nicht daheim sein konnte. Wichtig für mich war, dass sie am Morgen wieder ausgeschlafen auf ihrem Platz saß und somit, auch wenn nur selten nötig, das Telefon abnehmen oder, noch seltener nötig, Kunden empfangen konnte. Als Gegenleistung bekam sie ihr Gehalt, meistens pünktlich und fand, wenn es sich anbot, Trost in meinen Armen. Nun, ob es wirklich Trost war, was ich ihr spendete, kann ich nicht so genau sagen, wir hatten eine geschäftliche Beziehung und das auch auf Ebenen, welche in normalen Geschäftsbeziehungen, zumindest offiziell tabuisiert sind. Mit diesen Gedanken drehte ich mir eine weitere Zigarette, die ich mir ebenfalls umgehend anzündete. Nicht dass sie glauben ich sei ein Kettenraucher und muss unentwegt an diesen Dingern ziehen. Es war nur so, dass wenn ich einmal damit begonnen hatte, tat ich auch weiter. Es war das Öffnen der Büchse der Pandora, wenn sie es so wollen. Ich musste nicht, aber ich wollte. Der Regen hatte ein Pause eingelegt, zumindest schien er etwas nachgelassen zu haben, das Klopfen an den Scheiben war nicht mehr hörbar. Ich stand auf und ging zum Fenster. Die Straßenbeleuchtung spiegelte sich auf der nassen Fahrbahn. Links und rechts standen die geparkten Wägen der Hausbewohner in Reih und Glied. Zufrieden und friedlich lag die Straße da, niemand war unterwegs. Nicht zu dieser Zeit und nicht bei diesem

Kemmer ermittelt...
Der Reporter

Wetter. Ich ging zurück zu meinem Platz und ließ mich in den Polstersessel fallen. Ein wenig Schlaf würde ich wohl noch bekommen, wenn ich jetzt meine Augen schließen würde.

*

Das Telefon weckte mich unsanft. Ich warf einen Blick auf meine Armbanduhr. Kurz vor acht Uhr. Ich hatte zwar ausgiebig geschlafen, fühlte mich aber ganz und gar nicht danach. Man sollte aufstehen, wenn man einmal munter war, nicht versuchen weiter zu schlafen und dann so aufzuwachen, selbst wenn es vier Uhr früh war. Abermals schrillte das Telefon. Ich erhob mich und schleppte mich zum Schreibtisch. Ich würgte das nächste Läuten ab, indem ich den Höher abnahm und mir ans Ohr hielt. Ich hielt

Kemmer ermittelt...

Der Reporter

Ausschau nach einer vorgerollten Zigarette; Fehlanzeige! Dann erbarmte ich mich und ließ ein raues „Ja, hallo?" vom Stapel.

„Kemmer? Gut, dass du schon im Büro bist."

„Zufall."

„Egal, ich hab mir den Umschlag beim Frühstück angesehen, wo hast du das Zeug her?"

„Keine Ahnung, lag vor der Tür."

„Aha, gut, er ist voller Scheinrechnungen, zumindest hauptsächlich. Das sieht man eigentlich schon auf den ersten Blick. Keine Riesensache, aber nichts Kleines, kann ich dir sagen."

„Und Magnus?"

„Was Magnus?"

„Hat Magnus damit etwas zu tun?"

„Wer ist Magnus?"

„Ein Architektenteam, eine Baufirma, so etwas in etwa."

„Ach die, die kommen hier nicht vor. Es geht um eine Firma Richter, Richter & Sohn. Du kannst heute gerne bei mir im Büro vorbeikommen, wir können uns die Dokumente dann gemeinsam ansehen."

„Gut, am Vormittag?"

„Ja, sagte ich doch bereits, ich bin sicherlich bis eins im Büro."

„Gut, ich hab vorher noch etwas zu erledigen, dann komme ich."

„Ja, aber um eins bin ich weg, merk dir das!"

Ich hatte schon aufgelegt. Keine Spur von Magnus. Ich hatte den Namen zwar auch nicht entdecken können, aber vielleicht würde Kramer etwas entdecken, zumindest war das meine Überlegung gewesen. Jetzt ging es aber um Richter & Sohn, anderer Name, selbe Branche, wenigstens ein bisschen Kontinuität. Nur warum sollte ich mich an Magnus halten, was hatte die Anruferin damit bezwecken wollen? Ich holte mir meinen Tabak und das

Papier um mir eine Zigarette zu drehen. Hoffentlich kam Barbara bald, ich war bereit für meinen ersten Kaffee.

*

Kramers Büro war der völlige Kontrast zu meinem. Hell, ordentlich und mit dem Charme einer pathologischen Lehranstalt. Dass er die Wände nicht fliesen hat lassen, war mir ein Rätsel. Wir waren seit Ewigkeiten befreundet, ich wusste gar nicht mehr, wann und unter welchen Umständen wir das erste Mal miteinander zu tun gehabt haben. Er kam umgehend zur Sache.

„Wie ich dir schon am Telefon gesagt habe, kein Riesending, aber auch kein Spaziergang. Das sind hauptsächlich Scheinrechnungen. Also Rechnungen die du ausstellst ohne, dass eine Leistung erbracht wurde."

„Ich weiß was Scheinrechnungen sind. Welche Höhe?"

„Nun, die Beträge variieren. Von dreistellig bis sechsstellig; wobei sechsstellig im unteren Bereich."

„Und gesamt?"

„Müsste ich zusammenrechnen, ich schätze mal, dass es hierbei um zwei, drei Millionen geht."

„Ein schönes Körbchengeld."

„Kann man so sagen. Interessant wäre natürlich, wer dir den Umschlag vor die Tür gelegt hat."

„Sags mir?"

„Nun, es muss wohl jemand gewesen sein, der Zugang zu den Papieren hatte."

„Anzunehmen. Was war außer den Rechnungen eigentlich noch dabei?"

„Ein paar Raumpläne und Listen mit Baumaterialien."

„Hm. Und was schließt du daraus?"

„Schwer zu sagen. Es sieht einerseits so aus, dass es Rechnungen für nicht erbrachte

Kemmer ermittelt...
Der Reporter

Leistungen sind, sowie Rechnungen für Baumaterial. Da verrechnet man üblicherweise das teure und verwendet dann das günstigere, minderwertige."

„Hm, ist so etwas nachzuweisen?"

„Äußerst schwierig."

„Um welche Objekte handelt es sich denn?"

„Die sind verteilt quer über die Stadt. Meistens aber geht es um Dachgeschossausbauten, du weißt schon."

„Ja, das was seit gut zwanzig Jahren in dieser Stadt zum guten Ton gehört."

„Genau. Woran arbeitest du eigentlich?"

„Ich suche einen Reporter."

„Aha."

„Seine Frau war bei mir, er ist angeblich verschwunden."

„Und diese Unterlagen haben etwas mit seinem Verschwinden zu tun?"

„Möglich, oder sie sollen mich auf eine falsche Fährte locken, keine Ahnung, wird sich weisen."

Ich erhob mich, schnappte mir die Papiere samt umschlag und machte mich auf den Weg hinaus.

„Halt mich am Laufenden!"

„Mhm."

Hinter mir fiel die Tür zu. Kramers Sekretärin würdigte mich keines Blickes. Seit unserem kurzen Techtelmechtel hatte sie wohl das Interesse an mir verloren. Sollte mir recht sein, so eine heiße Nummer war sie nun auch nicht gewesen. Ich trat auf die Straße hinaus und stellte zu meinem Verwundern fest, dass heute einmal nicht regnete. Zumindest nicht im Moment.

Bevor ich mich auf den Weg in mein Büro machte, hielt ich es für richtig, der Einladung der nächstgelegen Bar Folge zu leisten. Ich war nicht wirklich durstig, konnte aber gegen die nächsten Whiskys keinen triftigen Grund finden und so versperrte ich mich ihnen gegenüber auch nicht. Ich drehte mir ein paar Zigaretten auf Vorrat und steckte mir die letzte davon an. War Muller an etwas dran gewesen oder versuchte man mich an der Nase herumzuführen. Und was hatte verdammt noch mal Magnus damit zu tun? Ich kam mir ein wenig wie im falschen Film vor. Am Anfang hatte es ausgesehen, als würde ich mich auf die Suche nach einem Mann begeben, den man finden konnte. Jetzt steckte ich mitten in einem Fall, der mir mehr abverlangte, als den richtigen Personen die richtigen Fragen zu stellen. Ich zahlte und ging. Kurz darauf saß ich hinter meinem Schreibtisch und der Regen klopfte wieder einmal an meine Fenster. Was würde noch aus dieser Stadt werden, eine Frage, die ich mir schon seit Jahren stellte.

*

Kemmer ermittelt...
Der Reporter

Ich würde definitiv hinter der Absperrung bleiben. Im Büro hatte ich mir nochmals all die Unterlagen angesehen, hatte beim Durchblättern auf Besonderheiten geachtet und hatte keine weiteren Schlüsse daraus gezogen. Dann schrieb ich mir ein paar der Adressen heraus, an denen angeblich gebaut wurde und machte mich auf den Weg. Nach den ersten beiden Objekten war ich mir selbst nicht mehr ganz sicher wonach ich eigentlich suchte. Ich fand Baustellen vor an denen niemand anzutreffen war und die nicht so aussahen, als würde dort in letzter Zeit gearbeitet worden sein, unabhängig davon ob minderwertiges Material verwendet wurde oder eben nicht. Dort wo ich mich aber jetzt befand, dort gab es lediglich einen Bauzaun. Dahinter lag Brachland, Niemandsland, Büsche und überwachsene Betonplatten, mehr war nicht zu

Kemmer ermittelt...

Der Reporter

sehen, von geschäftigen Treiben ganz zu schweigen. Ich konnte mir beim besten Willen keinen Reim darauf machen. Das einzige, das mir in den Sinn kam war, dass es wohl so sein mochte, wie Kramer es mir dargelegt hatte. Jemand verrechnete Leistungen, die es gar nicht gab. Aber deswegen ließ man in der Regel niemanden verschwinden. Ja, möglicherweise ein gebrochener Arm, oder ein ebenso gebrochenes Bein, eine eingedrückte Nase. Das war die gängige Währung in solchen Affären, in den meisten Fällen reichte das. Langsam aber sicher, eröffnete sich hier eine nicht ganz koschere Geschichte. Ich würde mir das Hofratstöchterchen noch einmal vorknüpfen, vielleicht verschweig sie mir ja etwas oder hatte vergessen etwas Wesentliches zu erwähnen.

*

Sie hatte in der Zwischenzeit nichts an ihrer Kühle eingebüßt. Als wir wieder an unseren angestammten Plätzen saßen, ich hinter, sie vor meinem Schreibtisch, jeder mit der Zigarette seines Vertrauens bewaffnet, hatte sie mir noch weniger mitzuteilen, als wie bei unserem ersten Treffen. Sie wirkte etwas gefasster als beim ersten Treffen.

„Ich kann mir nicht vorstellen, was sie von mir noch wissen wollen. Ich habe ihnen alles erzählt. Mein Mann ist verschwunden und ich bin mir mittlerweile gar nicht mehr so sicher, ob er noch lebt."

„Bleiben wir doch mal realistisch. Ihr Mann ist verschwunden, sie wissen nicht woran er zuletzt gearbeitet hat. Kann es sein, dass um die Baubranche gegangen ist?"

„Möglich, ich weiß es beim besten Willen nicht."

„Sagt ihnen der Name Magnus etwas?"

„Magnus, natürlich, das ist einer seiner Kollegen, oder ein Freund, wenn es so etwas wie einen

Freund in dieser Branche gibt. Wieso fragen sie?"

„Magnus ist ein Kollege ihres Mannes? Wo kann ich ihn finden."

„Ich glaube er arbeitet bei der Abendpost."

Ich musste weiter. Entweder war sie sehr kontrolliert, oder sie wusste wirklich nicht mehr. Ich komplimentierte sie hinaus und sagte ihr, dass ich mich, wenn ich Neuigkeiten hätte, bei ihr melden würde. Jetzt einmal war ich damit beschäftigt, meine Spesenrechnung anwachsen zu lassen. Und ich hatte wirklich Glück. Als ich bei der Redaktion der Abendpost nach Magnus fragte, erhielt ich prompt die Antwort, dass sich dieser gerade wohl in einer Sitzung befand. Ich gab zu verstehen, dass ich warten würde und setzte mich auf den nächsten leeren Stuhl, der sich in der Eingangshalle des Gebäudes befand. Man musste ihn wohl informiert haben, denn keine zehn Minuten später, stand ein junger Mann vor mir, hielt mir seine rechte Hand hin und sagte: „Peter Magnus, was kann ich für sie tun?"

Kemmer ermittelt…
Der Reporter

Ich hoffe, dass sie mir ein wenig weiterhelfen können."

„Worum geht es denn?"

„Kennen sie einen John Muller?"

„Natürlich, wir sind Kollegen. Wobei, nicht direkt, er arbeitet hie und da für die Abendpost, so haben wir uns kenngelernt."

„Wissen sie, wo er sich derzeit aufhält?"

„Nein, wieso?"

„Er ist verschwunden."

„Wirklich, wie kommen sie auf das?"

„Nun, seine Frau hat mich beauftragt, ihn zu finden."

„Kann nicht sein-„

„Wieso nicht?"

„Wieso sollte John verschwinden?"

„Sagen sies mir! Hatte er Feinde?"

Der Reporter

„Nicht, dass ich wüsste. Und woher auch, er schrieb ein paar Stories, ein paar Reportagen, ja, vielleicht verärgerte er manchmal jemanden, aber er war kein Aufdecker, er war hinter keinen großen Geschichten her. Kann ich mir nicht vorstellen, dass ihn jemand verschwinden lassen will. Ich glaube, da sind sie auf dem Holzweg."

„Auch der Holzweg führt zu einem Ziel", versuchte ich, einen weisen Spruch loszulassen.

„Ich muss mich verabschieden, ich hab noch einiges zu tun und jetzt muss ich erst einmal etwas essen."

„Gute Idee, mir knurrt der Magen auch schon geraume Zeit. Ich lade sie ein, und wir plaudern noch ein wenig über ihren Freund."

„Sie zahlen?"

„Alles Spesen, sie verstehen?"

„Auf ihre Rechnung, na dann."

Ich kann es gleich sagen. Mit diesem Typen stimmte irgendetwas nicht. Er war viel zu gut aufgelegt. Sein angeblicher Freund war verschwunden und es schien ihm völlig egal zu sein. Sorgen-ein Fremdwort. Er plapperte während ich einen Burger mit Fritten verdrückte ohne Pause dahin. Seine Ausführungen hatten keinen Anfang und kein Ende. Und als er endlich Luft holte, hatte ich längst vergessen, wovon er die letzten zehn Minuten gesprochen hatte. Fragen sie Magnus, was war das für eine dämliche Idee gewesen? Vielleicht befand ich mich hier wirklich auf dem sprichwörtlichen Holzweg. Nachdem ich den Rest meiner Mahlzeit hinuntergeschlungen hatte, verzichtete ich auf alles Weitere, orderte die Rechnung und bezahlte quasi im Eiltempo, um Magnus noch einen guten Tag zu wünschen und das Lokal flotten Schrittes zu verlassen. Er sah mir von seinem Tisch nach und dachte wohl bei sich, was war mit mir denn gerade los. Ich hatte keine Kapazität mehr, dem akustischen Schrott zu folgen und herauszufiltern, was er mir denn nun mitteilen wollte. Andrerseits war es aber auch so, dass in solchen Situationen, der offensichtlich Unwissende mehr wusste, als er zugeben wollte. Mit dieser Gewissheit bestieg ich die nächste Tramway und machte mich auf den Weg nach Hause, von meinem Büro hatte ich in den letzten vierundzwanzig Stunden genug gesehen.

Die Tür stand offen, offensichtlich eingetreten, Holzsplitter waren am Boden verteilt und ich war wieder einmal mittendrin. Ich betrat meine Wohnung, versuchte die Tür hinter mir wieder ins Schloss zu drücken, was aber misslang. Glauben sie mir, es war niemand mehr in der Wohnung. Andererseits, wenn dem nicht so wäre, hätte ich wenigstens einen Ansprechpartner und könnte mich erkundigen, wohin ich die Rechnung vom Schlosser schicken konnte. Man hatte also etwas gesucht. Ich nehme an, dass es sich um den Umschlag gehandelt hatte. Der lag aber fröhlich in meinem Büro auf dem Schreibtisch und döste unbeirrt vor sich hin. Hoffentlich traten sie mir dort nicht die Türe ein. Vielleicht kamen sie ohnehin zu

den Bürozeiten, da konnte ihnen Barbara den Umschlag mitsamt den Papieren aushändigen. Im Wohnzimmer war, wie zu erwarten, alles gründlichst durchwühlt worden. Man hatte meiner kargen Ordnung, eine gründlich Überarbeitung zukommen lassen. Ich freute mich schon auf das Schlafzimmer und meinen Kleiderkasten. Auch dort wurden meine Erwartungen nicht enttäuscht. Ich holte mir aus der Küche ein funktionierendes Glas, goss mir Whisky ein, die Flasche war nur halb ausgelaufen am Boden gelegen, und steckte mir eine meiner Vorratszigaretten an. Der Abend konnte beginnen.

Als ich am nächsten Morgen mit einem Brummschädel erwachte stand Barbara vor mir und sah mich entgeistert an.

„Was ist denn hier los?"

„Bin am Renovieren", entfuhr es mir.

„Was wollen sie überhaupt hier, sollten sie nicht im Büro sein und auf Kundschaft warten."

„Ich kann dort höchstens auf Kundschaft *hoffen*. Heute Morgen hatte ich Besuch von zwei Kleiderschränken. Sie baten mich recht höflich um den Umschlag mit den Papieren. Ich bin froh, dass ich ihn gleich gefunden habe, wenn ich mir das hier so ansehe."

Ich warf einen Blick auf meine Armbanduhr. Es war halb zehn.

„Machen sie mal Kaffee", sagte ich zu Barbara, „sofern das Werkzeug dazu noch heil ist."

Barbara verabschiedete sich in die Küche, ich hörte sie klappern, Oh Gott sagen, letztendlich dann aber die Flamme am Gasherd entzünden. Ein Lichtblick. Ich raffte mich auf und machte mich auf den Weg ins Badezimmer, der wohl am heilsten gebliebene Raum meiner Wohnung.

Nach einer kurzen, aber eiskalten Dusche, saß ich neben Barbara auf meiner revitalisierten Couch und nippte an einer Tasse heißen Kaffees.

„Und jetzt?" Barbara sah mich an.

„Jetzt fahren wir ins Büro."

„Und was machen wir dort?"

„Büroarbeit. Das heißt, sie lackieren ihre Nägel und ich denke nach."

*

Ich stand gerade am Fenster um die Straße zu beobachten, fragen sie mich nicht warum ich das tat, wahrscheinlich entspannte es mich, als das Telephon zu klingeln begann. Barbara nahm ab, anscheinend war sie mit den

Streicharbeiten fertig, und hauchte ein zartes „Hallo" in den Hörer.

Das nächste was ich hörte war ein knappes: „Ich verbinde". Dann läutete es auf meinem Schreibtisch. Beim zweiten Klingeln nahm ich ab.

„Ja", brummte ich.

„Spricht dort Kemmer?"

„Ja, wer ist dran?"

„John Muller."

Ich musste mich setzten.

„Gehe ich recht in der Annahme, dass sie der sind, den ich suche?"

„Sie gehen recht in der Annahme. Können wir uns treffen?"

„Natürlich können wir das, woher weiß ich, dass sie der sind, für den sie sich ausgeben?"

„Da müssen sie mir wohl vertrauen, sie werden mir aber glauben, wenn sie mir zugehört haben."

„Gut, kommen sie in mein Büro."

„Keine gute Idee, treffen wir uns auf neutralem Boden."

„Wo ist das, neutraler Boden?"

„Kennen sie das Lokal in der Albertgasse, gleich hinter der Bank.

„Denke schon."

„Wann können sie dort sein?"

„In einer halben Stunde."

„Gut, dann sehen wir uns in einer halben Stunde. Nur wir zwei."

Ich legte den Hörer auf. Das war mir auch noch nie unter gekommen. Ich war auf der Suche nach jemandem und bevor ich ihn fand, meldete er sich von selbst. Eine eigenartige Geschichte. Ich stand auf, steckte mir Feuer und Tabak ein und verließ mein Büro. Barbara saß artig auf ihrem Sessel und würdigte mich keines Blickes.

„Ich habe einen Termin, falls mich jemand sucht, ich bin nicht da."

„Mhm."

Kemmer ermittelt...
Der Reporter

Muller saß in einem dunklen Eck des Lokals, genauso wie es sich für einen Flüchtigen gehörte. Er war leicht zu erkennen gewesen. Einerseits befanden sich um diese Zeit nur eine Handvoll Personen in diesem Lokal, andrerseits war er der Einzige, der alleine an einem Tisch saß. Und er war der einzige Schwarze im Raum. Ich setzte mich ihm gegenüber und steckte mir eine Zigarette in den Mund. Der Kellner wurde vorstellig und ich orderte ein Bier.

„Ihre Frau vermisst sie."

„Das verzeihe ich ihnen, sie kennen sie nicht, deswegen schätzen sie sie auch so falsch ein."

„Das müssen sie mir definitiv erklären. Ich habe keinen blassen Schimmer wovon sie sprechen."

„Schauen sie, meine Frau benötigt mich als Trophäe. Sie ist aus gutem Hause und man findet dort, ihre Familie findet, dass es sich nicht geziemt, wenn das Töchterchen sich mit einem Neger abgibt."

„Soll vorkommen."

„Ja, kommt vor. Was macht die Tochter? Sie sucht sich extra jemanden, den die Familie nie und nimmer akzeptiert. Sie sucht sich so jemanden mit Absicht. Jetzt kann man sagen, etwas revoltieren gehört schon dazu, aber sich jemanden zu suchen, ihn zu heiraten, um der Familie weit über die Pubertät zu zeigen, was man von ihr hält, das ist wohl etwas zu viel des Guten."

„Ich verstehe nur Bahnhof."

„Ganz langsam zum Mitschreiben: meine Frau hat mich geheiratet, dass sie mich als Munition gegen ihre Familie benutzen kann."

„Ich verstehs immer noch nicht so ganz, aber warum haben sie dann ihre Frau geheiratet?"

„Nun, ich war verliebt in sie, da tut man solche Dinge."

„Verstehe. Und dann?"

„Dann habe ich von Mal zu Mal bemerkt, dass es ihr nur darum ging, dass sie mit einem Farbigen verheiratet ist um ihre Familie zu quälen."

„Warum lassen sie sich nicht scheiden?"

„So einfach geht das nicht. Sie hat die besseren Karten. Einer Scheidung würde sie nie zustimmen und mit Geld ist vieles zu verhindern, beziehungsweise hinauszuzögern."

„Deswegen sind sie einfach verschwunden."

„Ja. Und ich habe ihnen die Papiere vor die Tür gelegt."

„Ach, sie waren das?"

„Ja."

„Um mich auf eine falsche Fährte zu locken?"

„Nein, keine falsche Fährte, auf eine Fährte. Die Unterlagen sind echt, ich habe an dieser Geschichte gearbeitet, sie können sie haben."

„Schwer möglich, der Umschlag wurde wieder abgeholt."

„Abgeholt?"

„Sagen wir so, wir haben ihn nicht ganz freiwillig wieder hergegeben. Zumindest sieht es so aus, als wä-

re an ihrer Geschichte ein wenig dran."

„Das kann man wohl sagen. Verfolgen sie die Sache, ich denke, dass es nicht ihr Schaden sein wird."

„Lieber nicht, ist mir wohl eine Nummer zu groß."

„Wie sie meinen. Ich werde jetzt gehen und ich werde mich nicht mehr melden. Warum ich ihnen das alles erzähle? Weil ich nicht mehr zurückkommen werde. Sparen sie sich die Mühen, suchen sie mich nicht, sie werden mich nicht finden."

Mit diesen Worten stand er auf, legte einen Zehner auf den Tisch, sah mich nochmal an, tippte sich an die Hutkrempe und verließ das Lokal. Es war das einzige Mal, dass ich John Muller getroffen habe. Ich kann es nicht sicher sagen, aber ich glaube, dass er ein wenig gelächelt hat, al er mir den

Kemmer ermittelt...
Der Reporter

letzten Blick durch die Schaufenster zuwarf. Ich bestellte mir noch ein Bier. Spesen. Den Tag konnte ich getrost abhaken.

*

Als ich mich eine Woche später bei meiner Mandantin meldete, sagte ich ihr, dass ich den Fall zurücklegen würde. Ich erzählte ihr von mehreren Spuren die es gegeben hatte, von korrupten Bauunternehmern und von Redaktionsstuben, in denen sich nur Irre aufhielten. Dass alle Spuren im Sand verlaufen waren, sagte ich auch. Ich erlaubte mir, ihr meine Rechnung zu schicken und erbat alsbaldige Begleichung. Dann legte ich auf. Ich hatte keine Lust auf ihre Schimpftirade. Ich diktierte Barbara einen kurzen Abschlussbericht des Falles, den sie der Rechnung beilegen sollte.

Dann verließ ich mein Büro und machte mich auf den Heimweg. Meine Wohnung war mittlerweile notdürftig geflickt worden. Zumindest das Türschloss hielt wieder und es war zumindest eine provisorische Ordnung einge-kehrt. Barbara war so nett gewesen und hatte sich um das eine und andere gekümmert. Ich hatte es ihr zweimal gedankt. Als ich auf die Straße trat sah es nach Regen aus, er war mir fast schon abgegangen.

ENDE

Erwarten Sie gespannt den nächsten Band der Erfolgsserie

Kemmer ermittelt...
Stark im Kommen

„Im Sommer hab i vü öfters an Steifen, Herr Inspektor." Der Unterstandslose Josef Hirtal hält keinerlei Information zurück. Was hat es mit dem Toten am Friedhof der Namenlosen auf sich, den Josef Hirtal findet? Und wieso liegt, nicht einmal eine Woche später, eine weitere Leiche auf einem Friedhof in Simmering? Albin Kemmer stellt sich diesen Fragen, doch möchte er deren Antwort wirklich wissen?

Lesen Sie auch SIMMERING. Albin Kemmers letzte Tage im 11. Wiener Gemeindebezirk.

Taschenbuch, 2015. 156 Seiten. 9,50 € ISBN: 978-3738651669. Erhältlich im Fachhandel.

Bereits erschienen

Schönheit muss leiden

Host an Tschick ?

Mord im Mezzanin

Geschlossene Gesellschaft

Karaokefieber

72 Stunden

Auf der Simeringer Had

In Vorbereitung

Stark im Kommen

Pleno titulo

Der Anrufer

Kemmer ermittelt...

Die unspektakulären Erlebnisse des Rayoninspektors Albin Kemmer

Band 10

3.- Euro

Stark im Kommen

Kemmer und der Pornomord in Ottakring

32 Seiten Spannung!   *Der Kriminalroman von dem ganz Wien spricht!*

Leserpost

Das Leben ist sinnlos, Beziehungen sind sinnlos, alles ist sinnlos. Endlich habe ich die richtige Lektüre entdeckt! *Norbert, Oberwolkersdorf*

Die Welt ist noch nicht reif für diese Romane. *Ulrike, Wien 15*

Ich freue mich schon darauf, wenn Kemmer endlich einmal nach Ottakring kommt. *Otto, Ottakring*

Wir wollten endlich erben und haben unserer Oma aus den Kemmer-Romanen vorgelesen. Danke, es hat geklappt, sie ist leise entschlafen. *Karin., Sievering*

Falls sie mal kein Klopapier zu Hause haben, bieten sich die Kemmerromane unweigerlich an. Es gibt keine bessere Verwendung dafür! *Alois, Wien 9*

Das Beste wäre, man stellt die Serie ein!. *Peter A., Aspern*

Mein Freund bringt mir die immer mit, ich vesreteh zwar nicht worum es geht, aber es taugt mir! *Elke, Zürich*

Schreiben Sie uns! Wir drucken Ihre Korrespondenz ohne Änderungen ab!
Leserpost an: kemmer@girmindl.at

www.girmindl.at

Kemmer ermittelt

Stark im Kommen

Eine Hand ragte hinter der schwarzen Plane hervor. Man konnte die klammen Finger gut erkennen. Blut war geronnen und der Nagel am Zeigefinger eingerissen. Jemand hatte die Abdeckung mit Holzlatten beschwert, damit der Wind sie nicht wegtragen konnte. Man sollte auf den ersten Blick nicht erkennen können, dass hier der Körper einer Toten lag. Es war ein kühler Apriltag, die Stadt war wieder kalt geworden, nachdem der Frühling sich ein paar Wochen ausleben durfte. Herta Gansterer war nur kurz die Stufen hinunter gestiegen um im Innenhof des Hauses in der Friedmanngasse, in dem sie seit guten vierzig Jahren lebte, ihren Teppich auf der dafür vorgesehen Stange auszuklopfen. Er sollte für Osterfeiertage in neuem Glanz erstrahlen, sofern das irgendwie möglich war. Die Plane mit den darüber liegenden Holzlatten stach Herta Gansterer umgehend ins Auge. Wer hatte hier wieder seinen Müll abgeladen? Es kam nicht selten vor, dass jemand den

Kemmer ermittelt...
Stark im Kommen

Hof als Sperrmüllplatz verwendete. Jetzt kann ich die deppate Hauverwaltung wieder anrufen, dachte die rüstige Pensionistin bei sich, als sie sich dem Haufen näherte, um zu inspizieren, was unter der Plane wohl versteckt war. Sie hatte den schwarzen Kunststoff in der Hand, da fiel ihr Blick auf die hervorragende Hand. Resolut zog sie an der Plane, Holzlatten purzelten durcheinander und vor ihr lag eine leicht bekleidete Frau, mit weit geöffneten Augen. Bei der Temperatur is die hinüber, schoss es Herta Gansterer durch den Kopf. Sie ließ die Kunststoffplane wieder aus, ihren Teppich unbeaufsichtigt hängen und beeilte ich, in ihre Wohnung zu kommen, von der sie umgehend die Polizei anrief. Keine zehn Minuten später trafen die Beamten aus der Wattgasse ein. Herta Gansterer erwartet die Beamten schon an der Haustür

und schien etwas enttäuscht zu sein, dass sich zwei Herren zu ihr auf den Weg gemacht hatten.

„Wo ist denn die Karin?"

Die beiden Beamten sahen sich verdutzt an. Dann sagte der eine: Welche Karin, wenn ich fragen darf?"

„Na die fesche Kollegin ausn Fernsehen. Ich schau mir das immer an, ich will ja wissen, wohin mein Steuergeld rennt."

„Da muss ich sie enttäuschen Frau-„

„Gansterer, ich habs eh schon am Telefon gsagt."

„Ja, Frau Gansterer, da muss ich sie enttäuschen, die Karin, die ist schon lange nicht mehr bei uns in Ottakring."

„Wieso?"

„Schauens, sie ham uns gerufen, weil sie angeblich eine Tote gefunden haben-„

„Hab i eh, die liegt im Hof."

Die Beamten gingen an Herta Gansterer vorbei durchs Haustor in Richtung Hinterhof. Was ist mit denen los, dachte sich Gansterer und war den beiden

Beamten schon wieder dicht auf den Fersen. „Da, unter der schwarzen Plane liegts."

„Herzlichen Dank, Frau-„

„Gansterer, ich habs schon gsagt wie ich heiße."

„Genau, auf welcher Tür wohnens denn?"

„Warum wollns das wissen?"

„Dass wir dann zu ihnen kommen können und eine Aussage aufnehmen."

„Ich bin ja eh do."

„Ja, aber da es sich hierbei um eine Leiche handelt, werden wir den Fundort einmal polizeilich absperren, dann kommt auch noch die Spurensicherung, a poa Kollegen mehr, wir brauchen Platz und sie sind ja eh auf Nummer-„

„Sieben, im zweiten Stock."

„Genau, ich komm dann zu ihnen und nehm ihre Aussage auf, jetzt aber müssens uns arbeiten lassen."

Herta Gansterer holte sich den Teppichklopfer, den sie an die Teppichstange gelehnt hatte, bevor sie ihren großen Fund getät-

gt hatte und begann auf den kleinen Perser einzuschlagen.

„Was machens denn da, hörns bitte sofort auf."

„Warum, das is ja des, was ich eigentlich machen hab wolln. Dann san sie mir dazwischen kommen."

„Frau-„

„Gansterer."

„Richtig, Frau Gansterer, bitte hörns sofort damit auf, sie zerstören ja alles an möglichen Spuren."

„A wos, des bissl Staub."

„Ja, genau! Des bissl Staub. Bitte unterlassens des sofort. Ich komm dann rauf zu ihnen, Tür sieben."

„Jaja, nix wie Scherereien."

„Frau Gansterer, bitte-„

„Ich geh ja schon, mein Teppich nehm ich aber mit, ned dass der

Kemmer ermittelt...
Stark im Kommen

mir wegkommt."

„Nehmens ihn mit, kein Problem."

Herta Gansterer schnappte sich den Teppich, den sie nun doch nicht ausklopfen konnte und verließ den Innenhof ihres Hauses. Das war der Dank, dachte sie bei sich, dass sie die Beamten gerufen hatte. Das nächste Mal würde sie die Toten bei den Toten lassen und sich nicht mehr darum kümmern.

„Na Kollege Kemmer, was mach ma?"

„Naja, absichern und die Damen und Herren vom Mord rufen, die kommen dann eh mit der Spurensicherung."

„Ka schlechte Idee. Sperrst du ab, ich mach Meldung."

Kemmer ging zurück zum Wagen. Er hatte nicht geglaubt, dass am ersten Tag seiner Woche im Austauschprogramm gleich eine Tote den Tag bestimmen würde. Um ein wenig den Blick über den Tellerrand zu übern und möglicherweise auch die Perspektive ein wenig zu ändern, hatte sein Vorgesetzter beim letzten Entwicklungsgespräch vorgeschlagen, dass Kemmer einen Monat nach Linz wechseln sollte. Kemmer war aus allen Wolken gefallen. Als Kompromiss war es dann Ottakring, der 16. Bezirk geworden. Kemmer befestigte das Absperrband an der linken Seite des Durchgangs zum Hof. Langsam rollte er das Band ab bis er an der rechten Seite angekommen war. Dort trennte er es von der Rolle und verknotete es mit der Türschnalle.

„Wir zwa warten jetzt auf die Krimineser. Rauchst du?"

„Teilweise."

„Also Hobbyraucher, i hab nur Winston, wennst ane wüst."

„Na, i bleib da steh. Rauch du nur, aber auf der Gassn, wegen die Spuren."

„Schlaumeier! Irgendwie kummt mir die Leich bekannt vor, als hätt ichs schon einmal gsehn."

„Vielleicht wohnt sie ja gleich in der Nähe, dann würde es mich nicht wundern, wenn du sie kennst."

I waaß ned, i waaß ned; wo hab ich die schon mal gsehn, dachte er bei sich und machte sich auf in Richtung Haustor, um dort seine Zigarette zu rauchen.

Eine halbe Stunde war vergangen, als die Spurensicherung und der Arzt, der letztlich nur den Tod feststellen musste, angekommen waren. Die Tote war vollständig bekleidet. Das hatte zwar nichts zu bedeuten, ließ aber Schaulustige, die an ihren Fenster standen, nur zu einem Teil auf ihre Rechnung kommen. Kemmers Kollege war zu Herta Gansterer in den ersten Stock hochgestiegen und ließ sich dort die Szene schildern, in welcher die Pensionistin die Tote entdeckt hatte. Das brachte natürlich keine neuen Erkenntnisse. Auch nicht der Hinweis, dass seit einiger Zeit, ein alleinstehender Jugoslawe im Parterre wohnen würde, ohne Meldezettel versteht sich. Aber sie sei froh darüber, dass es nur ein Jugo sei und keiner von den ander

Kemmer ermittelt...
Stark im Kommen

en, wo man ja so viel hört, heutzutage. Früher war des ned so, aber was kann man machen.

*

Die Tote hatte deutliche Würgemale am Hals und mehrere Blutergüsse am Körper, ein paar Rissquetschwunden, sowie einen eingerissenen Fingernagel. Eine Untersuchung, die klären sollte, ob hier eine mögliche Vergewaltigung vorlag, hatte ergeben, dass die 21-jährige Sabrina Krobot, noch kurz vor ihrer Ermordung, denn dass es sich hierbei um äußere Gewalteinwirkung handelte gab es keinerlei Zweifel, Geschlechtsverkehr gehabt hatte. Ob sie dazu ihre Einwilligung gegeben hatte, war nicht zu ermitteln gewesen. Dass die Spermaspuren in ihrer Vagina, in ihrem Magen und auch

Kemmer ermittelt...
Stark im Kommen

jene in ihrem Rektum von mehr als vier Männern stammten, ließ die Beamten der Mordkommission aber verblüfft zurück.

*

„Die Leich aus der Friedmanngossn, weißt was die war?"

„Hm-„

„Pornos, die hat Pornos gmacht."

„Aha, is dir jetzt eingfalln woher du die kennt hast?"

„Bledsinn, das hat ma ana vom Mord erzählt. Die haben nachgfragt, ob im Haus irgendwer was gsehn hat, ob wir noch jemand vernommen haben. Da hat er mirs erzählt. Bei der Obduktion hams gschaut obs a Vergewaltigung war, aber bitte, die war so ausgleiert, was willst da nachweisen?"

Kemmer überlegte kurz, ob er etwas sagen sollte, ließ es dann aber, des Friedens willen, bleiben.

„Echt irre, die Arbeit nur zwa Gossn weiter, also wenn ma des Arbeit nennen kann."

„Ich denk schon?"

„Echt, na des wa wos fia mi, fürs Pudern a no zoit werdn. Ned schlecht."

„Ich bin mir da ned so sicher, ob des dann a no so lustig ist."

„A wos. Egal, auf jeden Fall, machen wir uns da auf den Weg zu dem Filmstudio."

„Zu welchem Filmstudio?"

„Na wo die ihre Filme gmacht hat."

„Woher weißt du, wo das war?"

„Kombinationsgabe! Na, i habs afoch gegoogelt. Ihr Name war Suzie Q."

„Wie das Lied?"

„Was für a Liad?"

„Egal, aber fällt des in unser Zuständigkeit?"

„Najo, des is im 16. also schon."

Kemmer schaut seinen Kollegen etwas ungläubig an.

„Na, aber wenn wir durtn a bissl was fragen, vielleicht kriag ma wos aussa, wos waaß ma."

Kemmer war der Idee gegenüber nicht direkt abgeneigt. Er war schon öfters in Mordermittlungen, zumindest am Rande, involviert gewesen. Du was konnte schon passieren, er war hier ohnehin nur um über den Tellerrand zu sehen, also warum nicht gleich richtig.

*

Lediglich ein Messingschild verriet, dass hier die Horny Angels Production angesiedelt war. Kollege Breiner drückte den Klingelknopf. Umgehend brummte der Summer und die beiden Beamten betraten das Haus.

„Geh bitte, wer hat sich denn jetzt schon wieder beschwert? War ane nokat am Gang?"

„Niemand hat sich beschwert Herr Angel."

„Herr Angel? Glubens im Vornamen haaß i Horny? Mein

Name ist Patrick Schmidlbauer. Ich bin Produzent, Geschäftsführer und Regisseur. Wenns sa si auszoit bin i a Darsteller, aber eher selten, sie wissen, wegen die Krankheiten."

„Aha."

„Jo, genau, also, was wollns?"

„Wir wollten sie zu einer ihrer Darstellerinnen befragen. Sabrina Krobot."

„Sabrina wer?"

„Suzie Q."

„Ah, jo, wissens warum die Suzie Q. haaßt?"

„Nein."

„Weils gern Qartett spüt, zu viert quasi."

„Verstehe."

„Die is ane von die echt wüden, aber was is mit ihr?"

Kemmer ermittelt...
Stark im Kommen

„Sie is tot."

„Wos?"

„Sie wurde ermordet."

„Ka Wunder, dass ma die ned abhebt."

Kemmer und Breiner warfen sich stumme Blicke zu.

„Die Frau Krobot ist ermordet worden, haben sie das verstanden?

„Ja, hab i", sagte Schmidlbauer und wurde plötzlich völlig blass. Er blickte sich um und sank auf den nächsten Sessel, dessen Beine, bei genauerem Hinschauen, vier erigierte Penisse darstellten.

„Und sie glauben, ich war das?"

„Wie kommen sie auf das?"

„Na weils zu mir kommen."

„Nein, wir kommen zu ihnen, weil die Frau Krobot bei ihnen, äh, gearbeitet hat."

„Ja, hat sie, regelmäßig, ane von den zuverlässigsten und ane von den besten, die hat sich nix gschissn, ehrlich, so ane find i nie wieder."

„Herr Schmidlbauer, können sie sich vorstellen, dass die Frau Krobot irgendwelche Feinde gehabt hat?"

„Na, definitiv ned! Mit der hat a jeder und jeder gern garbeit, und Fans hat die a an Haufen ghabt."

„Naja, bei viel Erfolg, gibt's mitunter auch einige Neider, das is in jeder Branche so."

„Auf was wollns hinaus?"

„Na ob sie irgendeinen Verdacht hätten, wer ihr soetwas antun hätte können."

„Na, i hab kan Verdacht, i wissat niemanden."

„Mit wem hat die Frau Krobot denn so zusammengearbeitet?"

„Unterschiedlich. Sie hat a Lesbenlinie ghabt mit der Anika, ansonsten mitm Peda und mitm Slovodan, die sind sowas wie Stammbesetzung gwesn. Den Slovodan sein Schwanz müssens amoi sehn, a Wahnsinn, den steckt ned a jede weg. Aber i hab noch viel mehr in der Kartei, wollns die alle fragen?"

„Wir fangen mal bei denen an, die mit ihr mehr zu tun ghabt haben."

„Is das ned eher ein Fall für die Kriminalpolizei?"

„Jo und na, es is da in unsern Rvier passiert und wir halten halt auch a bissl die Augen offen."

„Das schad sicher ned, sie werden scho wissen was sie tun."

„Ja, jeder hat sein Job. Aber was mi eigentlich a interessiert: kann man von dem überhaupt no leben?"

„Von was?"

„Na von dem was sie da so treiben."

„Schwer, Herr Inspektor, schwer."

„Ich denks mir, das Internet-„

„Genau, das Internet. Heilsbringer und Vernichter gleichzeitig. Am Anfang haben wir da ganz gute Vertriebswege erschließen können, wissens, ohne Zwischenhansln. Aber mittlerweile saugen si olle eh ollas gratis machen, da bin ich ned verantwortlich dafür. Aber bei Platin, da könnens sa si einmal im Monat a Szene wünschen, also was geschehn soll."

„Und, was wünschen si die Leut so?"

ausn Netz. Da muass ma si spezialisieren. Wir haben so a Abomodell."

„Wie Netflix?"

„Najo, es gibt verschiedene Varianten. Wissens, man muss den Kunden miteinbinden, das is ned so wie früher, dass si aner an owareissn wü und dazua schaut er si was an, was erm razt. Es geht darum, dass sie a Beziehung zum Kunden aufbauen, des geht bis zum Familienersatz."

„Is eher ka monogame Beziehung, oder?"

„A wos. Wir haben wirklich a treue Fangemeinde, vom normalen Abo bis zum Platinticket."

„Was kriagt ma do, an Hausbesuch?"

„Na, da ist a klare Grenze definiert, sowas gibt's bei uns ned, wobei, was die Leut privat

„Des is unterschiedlich, aber glaubens ma, es gibt nix, was ned gibt, und ollas was sie sich einfallen lassen können, das haben andere scho längst ausprobiert."

„Und was is des, wenn i fragen derf?"

„Najo, Rollenspiele san stark grfagt, Krankenschwester, Nonne, Polizistin. Ollas wos irgend an Knacks geben hat."

„Verstehe; sie wünschen – wir spielen."

„So in etwa."

„Und wo liegen die Grenzen?"

„Wenns sa si im Internet umschauen, dann werdens sehn, es gibt kane. Aber bei uns is es des Strafrecht. Was Erwachsene freiwillig tuan, des filmen wir, aber glaubens ma, mir is nix mehr fremd."

„Wie hoit ma des aus?"

„Wieso?"

„Najo, ist sicher ned jedermanns Sache."

„Des sicher ned, aber i könnt ihnen Gschichten erzählen."

„Was denn?"

„Najo, ich hab ja gsagt, meine Leut machen kane Hausbesuche, die san ned so auf Escort, aber hier und da, wenn ma zukaufen müssen, wurscht, ane hat an Kunden ghabt, der war vom Hals ab unbeweglich, gelähmt oder was, ollas was der no gspiat hat, war im Gsicht. Da war Facesitting standard und zum Schluss hat er si no ins Gsicht brunzen lassen. Wie gsagt, der Phantasie sind keine Grenzen gesetzt, Herr Inspektor."

„Dem Wahnsinn aber a ned. Könnt ma jetzt bitte die Kontaktdaten haben, von den Kollegen, die mit der Frau Krobot regelmäßig zusammengearbeitet haben."

„Ungern, aber ja. Und bitte sans diskret, davon lebt unsre Branche."

Kemmer ermittelt...
Stark im Kommen

„Schaut ma ned wirklich danach aus, aber bitte."

Schmidlbauer setzte sich hinter seinen Laptop und klickte herum. Dann setzte sich der Drucker in Bewegung und spuckte eine A Seite mit drei Adressen aus.

*

„San sie jetzt scho versetzt worden, Herr Inspektor?"

„Herr Tarp, ich wird ned versetzt. Ich bin vier Wochen in Ottakring, dann bin ich wieder da."

„Aso, ham sie ned gsagt, dass sie versetzt werden?"

„Nein, das habens falsch verstanden, Herr Tarp. Ich bin auf Austausch, damit ich was dazulern."

„Aber sie san doch eh so gscheit."

Kemmer ermittelt...
Stark im Kommen

„Danke, aber man kann immer no was dazulernen, was manans."

„Möglich. I nimma. I waaß ois wos i wissen muass. Bei mir ist das abgeschlossen."

„Wies meinen, Herr Tarp."

„Und, wie is so in Ottakring?"

„Anders als da und genauso."

„Aha, sans jetzt a Philosoph worden?"

„Na, Herr Tarp, aber im Endeffekt ist es wie hier. Nur andere Leut, andere Kollegen und die Gassen ham andere Namen."

„Najo, wies meinen, Herr Inspektor. Hams schon den Mörder gfangen?"

„Welchen meinens denn?"

„Na lesen sie ka Zeitung, Mord in Ottakring, eh durt wo sie san. A Mord an ana Frau."

„Ach so, nein, wir haben noch keinen Mörder gefangen. Aber dafür sind wir ja auch nicht zuständig."

„Aber es wär ned des erste Mal, dass sie an Mörder fangen."

„Ja eh, Herr Tarp, aber des war a Zufall."

„Sovü Zufälle gibt's gar ned, Herr Kemmer. Die Tote, des war so ane vom Füm. Solche Füme halt."

„Ich weiß, Herr Tarp."

„Na sehns, sie san eh scho mitten im Ermitteln. Das wird schon o was."

„Wie gsagt, Herr Tarp, ich bin für so etwas nicht zuständig und außerdem, nur noch zwei Wochen in Ottakring."

„Ich hab ihre Kollegen immer im Fernsehn gsehn."

„Meine Kollegen?"

„Na des mit der Frau und dem Mann, im Fernsehen, des Wochzimmer."

„Ich weiß schon was sie meinen. Das spielts aber nimma."

„Ohjo, jede Wochn."

„Aber nur Wiederholungen, Herr Tarp. Die ane Kollegin is gar nimma in Ottakring.“

„Aso?“

„Jo.“

„Wo isn die?“

„Ich weiß es nicht.“

„Na scho, die war liab und hat si nix gfoin lassn. Genau die richtige fia mi, wenn i no jung wa.“

„Apropos Richtige, wie geht's ihrer Frau?“

„Eh guad, sekkiert mi nach wie vor, aber i mags. Was bleibt mir anderes übrig.“

Tarp leerte sein Bier und hielt nach der Kellnerin Ausschau. Weit und breit war niemand zu sehen. Resigniert senkte er seinen Blick. Dann sah er beim Fenster hinaus.

„Hoffentlich bleibt des Weda jetzt so. Kurz vor Ostern der Schnee, i maan, wo samma. Wo bleibt der Klimawandel?“

„Richtig kalt wars. Da freut man sich schon auf den Frühling und dann kommt wieder so ein Wintereinbruch.“

Kemmer ermittelt...
Stark im Kommen

„Grüne Weihnachten, weiße Ostern. Wenn des stimmen tat, hätt ma jedes Jahr in Wien zu Ostern an Schnee.“

*

Anika Müller saß in ihrem Wohnzimmer nackt vor dem Wandspiegel auf einem Teppich und heulte sich die Augen wund. Sie musste ihre Gefühle ordnen, es war einfach alles zu viel. Gott sei Dank hatten die beiden Kriminalbeamten wieder ihre Wohnung verlassen. Nach all den Fragen, den versteckten Verdächtigungen und dem süffisanten Grinsens der beiden Polizisten, brauchte sie Ruhe. Wenn man es ganz genau nahm, wusste sie nicht so recht, wie sie mit der Situation umgehen sollte. Sabrina war nicht gerade ihre beste Freundin gewesen, sie hatte

Zumindest alles, was sie für notwendig gehalten hatte.

*

sich immer wieder in den Vordergrund gedrängt. Ja, sie war erfolgreich gewesen, sozusagen an beiden Fronten. Frauen wie Männer folgten ihr im Netz und zahlten begeistert für ihre Clips, sie war, im wahrsten Sinne des Wortes, für alles offen gewesen; andrerseits hatte sie es nicht verdient, so zu enden. Sie wischte sich die Tränen aus den Augen und sah sich im Spiegel. Ihr Blick wurde entschlossen. Was hatte sie denn damit zu tun? Nichts. Es war nicht ihre Schuld und es war auch nicht ihr Problem. Sie hatte nichts getan. Warum sollte sie sich überhaupt darüber Gedanken machen. Wenn andere ein Problem hatten, war sie nicht da, es zu lösen. Und wenn es auch schlecht ausging, war es nicht ihre Verantwortung. Die Polizei war da gewesen und hatte sie befragt. Sie hatte ihre Pflicht als getreue Bürgerin getan. Sie hatte den Beamten ohnehin alles gesagt.

„Was glaubst du, Kemmer, wer wars?"

„Ich habe keine Ahnung, wir haben ja auch keinen Einblick in die Akten, geschweige denn in den Ermittlungsstand."

„Najo, aber du bist ja eh a Profi, was man so hört."

„Das war alles Zufall, was du da ansprichst, und der Rest ist wahrscheinlich mehr Legende als Wahrheit."

„Wahrscheinlich. Für mi is die Sache völlig klar. Die Pornotussi hat ana gmacht, der die Welt säubern möchte."

„Die Welt säubern?"

„Najo, so a Fanatiker, wennst waaßt wos i man. Kämpfer gegen Schund und Schmutz, Kirchennazis halt."

„Kirchennazis, sowas hab i noch gar ned ghört", erwiderte Kemmer verdutzt.

„Naja, die beten di tot und dawiagn di mit an Rosenkranz."

„Eine äußerst unwahrscheinliche Theorie."

„Wie haaßts im Lotto: alles is möglich."

„Trotzdem, sehr unwahrscheinlich."

Die Türe öffnete sich und der Postenkommandant trat ein. Entweder hatte er schlecht geschlafen, es blutete sein Magengeschwür oder es gab dienstlich ein Problem.

„Breiner, zu mir ins Büro. Kollege Kemmer sie kommen mit."

Das Büro des Oberstleutnants zeugte nicht von reger Tätigkeit. Wobei mittlerweile keine Aktenberge und sonstige Utensilien notwendig waren, um seinen Dienst zu versehen. Heutzutage reichte ein kleines Terminal mit Bildschirm und Maus um zu erledigen, was zu erledigen war.

„Breiner, sind sie wahnsinnig geworden?"

„Worum geht's?"

Kemmer ermittelt...
Stark im Kommen

„Jetzt stellens sie sich nicht so ausgesprochen deppat wie sie ausschauen."

„Aber Herr-"

„Nix aber Herr. Sie ermitteln. Sie befragen Verdächtige. Sie führen ein Verhör durch, ohne die Erlaubnis, die Kompetenz, irgendetwas auch nur dafür zu haben."

„Wir ham uns nur erkundigt."

„Wos haaßt da erkundigt? Spechtln sans gangen, gschaut hams, ob für ihna was abfallt."

„Versteh i ned-"

„Natürlich verstehn sies nicht, weil sie san jo a deppat. Ist ihnen nicht klar, dass sie einen potentiellen Mörder so vorwarnen können. Das ist Behinderung von Ermittlungen. Was is ihnen da nur eingfalln?"

Kemmer ermittelt...
Stark im Kommen

„Na ich hab mir gedacht, weil wir ja aus der Gegend san, dass die eher mit uns reden, als wie mit die Krimineser."

„Kemmer, sie san gar ned aus der Gegend."

„Ich war mir nicht sicher."

„Wos, nicht sicher?"

„Ob wir das tun sollen."

„Na warum sans dann mit?"

„Ich wollte mich nicht-„

„Wurscht Kemmer, sie san a Austauschschüler, sie gengan mi nix an. Aber Breiner, was glaubens, wie die mir den Kopf gwaschn haben-„

„Äh-„

„A rhetorisch Frage! Sie halten tausend Meter Abstand von allen Ermittlungen. Schreibens a poa Strafzettel und schiabns a ruhige Kugel die nächste Zeit. Und

wenns unbedingt Porno schauen wolln, dann machens des daham und ned in der Hockn, als Ermittlungen getarnt. I bin ja kein Trottel. Und jetzt ab, sie ham sicher was zu tun."

Breiner und Kemmer verließen das Büro von Oberstleutnant Georg Geiger. Der Blickte, nachdem die Türe hinter den beiden zugefallen war an die Wand, mit dem Bezirksplan. So ein Wichser, dachte er bei sich.

*

Slobodan Kuric saß kreidebleich dem Kriminalbeamten gegenüber. Er drehte den Kaffeebecher, den er bekommen hatte, nun schon zum zwanzigsten Mal gegen den Uhrzeigersinn und wusste nicht so recht, wie er sich verhalten sollte. Wenn das seine Mutter wüsste. Aber die wusste gar nichts, zumindest nicht mehr. Sie war schon mehr als fünf Jahre tot. Der Kriminalbeamte, der ihm gegenüber saß, blickte ihn nur an und sagte nichts. Er wartete auf eine Antwort.

„Sie glauben vielleicht, dass wir alle keine Moral haben, Herr Inspektor, aber so ist das nicht."

„Ich glaub gar nichts, ich möchte nur wissen, ob sie über ihre berufliche Zusammenarbeit hinaus, etwas mit der Frau Krobot hatten."

„Nein, hatte ich nicht. Wir haben gut zusammengearbeitet, da ist was rübergekommen für die Kunden, die spüren das, wenn die im Bildschirm Spaß haben – wissens, sonst geht das nicht, das bringt nix, wenn der Funke nicht überspringt – ansonsten hatten wir nichts miteinander, wir haben uns nicht einmal auf ein Feierabend

Bier getroffen. Obwohl wir in der Branche eigentlich wenig Alkohol trinken."

„Verstehe. Ihre Trinkgewohnheiten sind hier aber kein Thema. Können sie sich vorstellen, dass jemand die Frau Krobot umbringen wollte?"

„Eigentlich nicht, aber jetzt, jetzt weiß ich gar nichts mehr."

„Haben sie nie irgendeinen Konflikt mitbekommen, oder hat sie ihnen mal etwas erzählt, dass sie jemand belästigt, sie haben ja gut zusammenarbeiten können, da sagt man doch manchmal was zu seinen Kollegen."

„Genau, wir haben gut zusammengearbeitet, sonst war da nichts, ich hab über sie so gut wie nichts gewusst."

„Wissen sie, dass sie ein Kind hatte?"

„Nein! Was ist mit dem jetzt?"

Kemmer ermittelt...

Stark im Kommen

„Nichts, das lebt immer schon beim Kindesvater."

„Wie alt?"

„Noch keine drei Jahre."

Kuric blickte in seinen leeren Kaffeebecher. Warum sie ihn überhaupt eingeladen hatten, er wusste doch gar nichts. Was sollte er denn auch wissen. Er kannte Sabrina seit mehr als einem Jahr, sie drehte erfolgreich Clips und er arbeitete gerne mit ihr zusammen, die kleinen Problemchen, die sich manchmal mit Starlets ergaben, solchen die nämlich dachten, sie seien die begehrtesten, die hatte er nie. Es war eine gute Zusammenarbeit, man konnte es so zusammenfassen und stehen lassen. Für ihn war die Sache erledigt, er würde sie vermissen, ganz sicher, aber das Leben ging weiter, für alle Beteiligten ausgenommen Suzie.

Nach einer weiteren Stunde mit sinnlosen und ergebnisleeren Fragen durfte er gehen. Er solle sich in der Stadt aufhalten, solle nicht das Land verlassen, falls man auf ihn noch zurückkommen müsste. Was sollten sie von ihm denn noch herausbekommen. Er hatte alles gesagt, was zu sagen war.

*

Kemmer ließ sich daheim auf seine Couch fallen. Der Tag hatte ihn geschafft. Normalerweise tat er seinen Job gerne, doch dort in der Vorstadt, er wusste auch nicht genau woran es lag, dort offenbarte sich ihm einfach eine zu aufgeregte Umgebung. Der Rüffel hatte sein Übriges dazu getan. Gut, die ganze Angelegenheit hatte ihn nur gestreift und keinerlei Konsequenzen für ihn, trotzdem hatte er es als ziemlich entbehrlich befunden.Nun gut, morgen würde ein neuer Tag sein und die Tage an sich, waren gezählt, zumindest seine in Ottakring. Mit diesem Gedanken griff er nach der Fernbedienung am Tisch und schaltete damit den

Fernseher ein. Der Wolf aus der ZiB 2 flimmerte über den Schirm.

*

„Na sicher nicht. Wenns was brauchen, dann kommen sie zu mir, ich mach ihna Arbeit und dann kann ichs ihnen auch noch nachtragen, wo kommen wir denn da hin?"

„Frau Gansterer, wenn sie eine Beobachtung machen, dann müssens zu uns kommen, damit wir ein Protokoll aufnehmen können."

„Ich hab doch keine Beobachtung gemacht, glaubens ich überwach das Haus?"

„Sie haben was gefunden, das möglicherweise in Zusammenhang mit dem Mord steht, somit müssen sie auch zu uns kommen und das Ding abgeben."

„Ring, ned Ding. Ring!"

„Ja, Frau Gansterer, natürlich, Ring. Kommen müssens trotzdem."

„Schauens, Herr Inspektor, ich hab ihna informiert, der Ring liegt bei mir am Kuchltisch, wenns erm wolln, dann könnens ihn holn."

Mit diesen Worten beendete Frau Gansterer das Gespräch. Der Beamte konnte nur noch das Tuten aus dem Hörer vernehmen.

„Was sagst?"

„Um was geht's?" Kemmer hatte den Verlauf des Gesprächs nur teilweise mitgehört.

„Die Oide aus dem Haus mit der Leich findt an Ring und sagt, vorbei komm ich nicht, wir können ihn ja holen, wenn wir ihn brauchen."

„Ned schlecht, wahrscheinlich brauchts a bissl an Zuspruch. Is ihr fad alleine daheim."

„Wurscht, aber des gibt's doch ned, wir sind doch nicht deren Unterhaltungsprogramm."

Kemmer ermittelt...

Stark im Kommen

„Eh nicht, aber so alte Leut sind halt doch recht einsam, und jetzt überleg einmal, is es nicht besser sie bleibt daheim, als sie würde beginnen, hierher zu kommen und das regelmäßig?"

„A wos! Gemma hin und hol ma uns des Ding."

Die beiden Beamten machten sich auf den Weg in die nicht weit entfernte Friedmanngasse. Sollte die alte Dame doch ihren bekommen. Frau Gansterer wartet schon in der Wohnungstür. Sie ließ die beiden Polizisten eintreten, wies sie aber umgehend darauf hin, dass sie ja nicht weiter als in die Küche vordringen durften. „I putz ja ned umasunst", waren ihre erklärenden Worte dazu.

„Na erzählens einmal, Frau Gansterer, wo habens denn den Ring gefunden?"

„Der is im Stiegenhaus gelegen."

„Im Stiegenhaus, hm."

„Jo, unten, bei der ersten Stufn, ganz im Eck. I hab erm aufghobn-"

„Und gereinigt."

„Na, i bin ja ned bled. I hab ihn aufghobn, herauftrogn und dann sie angerufen."

„Herzlichen Dank, Frau Gansterer, schau ma mal, ob der in Verbindung mit der Toten in ihrem Hof steht."

„Jo, schauens, vielleicht findens was raus, sie brauchen a Erfolgserlebnisse. I hab gestern im Fensehen an Bericht gsehn, da hams gsagt, dass es total wichtig ist, immer wieder kleine Erfolgserlebnisse zu haben, das hilft einen über die schlechten Tage hinweg."

„Ja, wenns des Fernsehen ned gabat."

„Sie sagens, aber was anderes, stimmt des, die Tote ausn hof, dass die so Sexfüm gmacht hat?"

„Wo hams denn des her?"

„Lesen si ka Zeitung, mit foto war die vurn drauf. Aber die Menschen heut ham ja kann

Anstand mehr, is ja alles schon wurscht."

„Najo, des tuat doch kann weh."

„Aber es ghört sich nicht!"

„Frau Gansterer, das fällt nicht in unseren Aufgabenbereich"

„A wos, schauens, dass den Mörder finden, i fiacht mi jetzt immer, wenn i da unten vorbei geh."

„Ich glaube, sie brauchen aber ka Angst haben, gnä Frau. Der Mord da unten hat mit ihnen nix zum Tuan."

„Na hoffentlich, i geh doch ned in Pension, dass i dann nix mehr hab davon."

„Nochmals, herzlichen Dank, Frau Gansterer, wir machen uns wieder aufm Weg."

*

„San sie no immer zwangsversetzt, Herr Inspektor?"

Kemmer hatte es sich nicht nehmen lassen und war umgehend nach Dienstschluss in Josef Tarps Stammlokal vorstellig

Geworden; sein alter Rayon ging ihm mittlerweile schon etwas ab.

„Herr Tarp, nicht zwangsversetzt, ich bin ein paar Wochen dort, dann komm ich wieder retour."

„Aha. Na dann habens eh Zeit den Fall zu lösen."

„Herr Tarp, sie wissen ja, das fällt ned in meine Kompetenzen, da is die Kriminalpolizei zuständig."

„Jo eh. Wir waren aber schon bei Josef, Herr Inspektor!"

„Das stimmt."

„Gibt's Neuigkeiten? Also a wenn sie den Mörder ned fangen wollen, waaß ma schon was, ich verfolg ja nur die Zeitungsgschichten, da steht ja nur die Hälfte drin."

„Und meistens die falsche Hälfte."

„A Pornoschauspielerin wars, die Tote, oder?"

Kemmer ermittelt...
Stark im Kommen

„Ja, Herr Josef, sie hat so Videos gmacht."

„Hab ich glesn."

„Fürs Internet."

„Kenn ich, kenn ich! Da findens ja ollas. Zumindest hab i des ghört. A Freund von mir, der hat auf so an Internet an Füm sogar gsehn."

„Ollas geht übers Internet, Herr Tarp."

„Eh, aber i man, *So* an Füm. Da hat si ana a Leberwurscht auf sei Nudel gscmiert, und sei Hund hats abschlecken miassn."

„Grauslich, Herr Josef."

„Na ka Red, der Mensch is echt a Sau."

„Und Tierquälerei is des auch noch."

„Also solche Füm hat die gmacht?"

„Nein, Herr Josef, solche nicht. Sowas ist ja gar ned erlaubt."

„Und wie geht's jetzt weiter?"

„Naja, es wird ermittelt. Befragungen, all diese Gschichten. Sieht man im Fernsehen in jedem Krimi, was da so abläuft jetzt."

„Und wenn da so ermittelt wid, müssen die Kollegen dann a die Füme von der anschauen?"

„Möglicherweise, wenn sich die Kollegen eine Spur erhoffen, dann ghört das auch zum Job."

„Na bumm. A schena Job."

„Wie mans nimmt."

„Eh, aber da san die Kollegen am Abend so aufmagaziniert, dass die Freundin glaubt, es is Ostern und Weihnachten auf amoi."

„Ich bin mir da ned so sicher."

„Oder die nehmen die Füm mit ham."

„Herr Tarp, das gibt's doch eh alles im Internet, das braucht si heut niemand mehr mit heim nehmen."

„Jo eh, sag i ja, ollas im Internet, im Internet da findens heutzutag alles!"

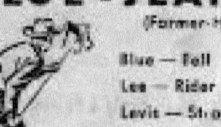

Kemmer ermittelt...
Stark im Kommen

Kemmer nickte.

„Und sunst, Herr Inspektor, vermissens uns da schon?"

„Unsere kleinen Treffen, Herr Tarp, ja, die gehen mir ab."

„Na sie san eh boid da."

„A gute Woche noch."

„Na hoff ma, dass a guade wird."

*

Bei der Gruppe Mord hatte man sich die Nacht um die Ohren geschlagen um Sabrina Krobots Filmkarriere etwas genauer unter die Lupe zu nehmen. Es hatte keinerlei Probleme gegeben, Kollegen zu finden, die sich dieser Arbeit annehmen wollten – im Gegenteil, hier waren alle verfügbaren Männer freudig dazu bereit, selbst in ihrer Freizeit der Verbrechensbekämpfung zu dienen.

„Kollegen, hier muss ma mal ordentlich lüften, ihr habts a Ausdünstung, des is ma nimma wurscht."

Mit der frischen Luft kamen auch wieder frische Gedanken in die Gehirne der Beamten und die Lagebesprechung konnte zügig erledigt werden. Neue Erkenntnisse hatte die Begutachtung des Videomaterials leider nicht gebracht. Man war sich aber trotzdem einig, dass das Sichten der Aufnahmen wichtig gewesen war. Und man musste jede Spur verfolgen, egal wie unwichtig sie im ersten Moment auch wirkte.

„I geh jetzt ham und kumm eh umma siewane wieder. Wenn si was tuat, dann ruafts mi afoch an, i schlaf nur a bissl, aber sunst hab i eh nix vor."

Michael Eigner verließ das Amtsgebäude müde und ausgelaugt zugleich. Er hatte, während der nächtlichen Filmrecherche, sicherlich dreimal die Toilette aufsuchen müssen. Seine Kollegen waren ihm da in nichts nachgestanden. Immer wieder hatte einer von ihnen den Raum für mehrerer Minuten verlassen und war dann, relativ entspannt wieder zurückgekommen.

Als Eigner gute zehn Stunden wieder zurück in sein Büro kam holte er sich erst einmal Kaffee. Dann setzte er sich an seinen PC und las die Einträge des Tages. Der Ring, der um die Mittagszeit überstellt worden war, er war in Ottakring in besagtem Haus gefunden worden, sprang ihm sofort ins Auge. Nicht gleich konnte er ihn zuordnen, doch wenige Augenblicke später wusste er, dass es sich, zumindest um das gleiche Modell handeln musste, dass er letzte Nacht, in mehreren Clips am Finger eines der Darsteller gesehen hatte. Sie hatten noch darüber gewitzelt, ob es wohl sein Markenzeichnen darstellen sollte.

Eigner nahm den Hörer von seinem Telefonapparat in die Hand, wählte mit der anderen eine Klappe und ersuchte um Haftbefehl und Einsatzkommando. Eine halbe Stunde später war Peter Wimmer festgenommen. Die Beamten hatten ihn, als er gerade seine Wohnung verlassen

Kemmer ermittelt...
Stark im Kommen

wollte, angetroffen und festgenommen.

*

„Sie haben doch keine Ahnung was so etwas bedeutet. Wenn jemand solche Gerüchte ausstrat, dann bucht ihna niemand mehr."

„Welche Gerüchte, was hat die Frau Krobot von ihnen denn schon wissen können?"

„Welche Gerüchte, welche Gerüchte, na wos glaubens. Die hat herumerzählt, dass i kan hochkriag. Sie hat dazöht, dass er ned hoat wird, weil sie spürts ja als erste!"

„Das war alles?"

„Heans, sie san lustig, das ist alles fragt er. Mei Schwanz is mei Kapi-

Kemmer ermittelt...
Stark im Kommen

tal, der steht wie a Ansa, da brauch i ned so Tussi, die an Schaaß verzapft."

„Und, hats gstimmt?"

„Na sicher ned, mei Werkzeug is gepflegt und einsatzfähig. Jo, vielleicht hat amoi ned so wie i wolln hab, wir ham vü zusammen gedreht, da kanns scho sein, dass ma ned immer topfit is. Gengan sie nie mit an Schnupfen in dHockn?"

„Doch."

„Sehns, das is des, wos i maan. Selten, aber doch, kann ma a angeschlagen sein. Aber kumman bin i immer, zwamoi locker, wenns sein muass a öfters, ka Problem fia mi. Aber selber schuld die Oide, was redts a so deppat."

„Können sie uns den Tathergang schildern, wie kam es zur Auseinandersetzung mit tödlichem Ausgang?"

„Schauns, i wollt sie ned umbringen. Ehrlich, wir ham a Szene gmocht, dann bin i gangen, sie is erst später aussekumman. Ich habs abpasst und dann hats glei angfangen mit: ob i ma ned a andere Hockn suachn wü, weil mit meiner wachn Nudel mach is eh nimma lang. Aber was soll i sunst mochn, i kann ja sunst nix. Und i hab gsagt sie soll aufhörn und ned Bledsinn dazöhn."

„Und dann?"

„Najo, sie hat weidagredt. Sie hat ned aufghört. Dann hab i ihr ane angschobn und sie gegen a Hausmauer. Dann hats zum Schreien angfangen und i hab ihr den Mund zuaghalten."

Peter Wimmer ließ seinen Kopf sinken, dann sprach er leise weiter.

„Sie hat si gwehrt und i hab ned gwusst was i jetzt tuan soll, ich habs festhalten wollen, aber sie hat kratzt und bissn und ollas. Dann hab ichs in den Hauseingang einezaht und no amoi gegen die Wand gstessn. Irgendwann is dann umgfoin und liegenblieben.

Dann hab is in den Hof zaht. Und dann hab is zuadeckt, damits kana sieht."

*

„Und, hams was glernt in Ottakring?"

„Naja, man lernt ja immer was dazu, Herr Tarp."

„Josef!"

„Natürlich, Herr Josef!"

„Ja, man kann si gar ned dawehrn, dass ma wieder was neichs lernt, da habens recht."

„Genau, selbst wenn ma nix findet, was man mittnehmen kann, die Erfahrung, die nimmt an niemand."

„Ja, wahrscheinlich."

„Ganz sicher, Herr Josef."

„San die anders, die Ottakringer Polizisten?"

„Überall san die Leut anders und doch so gleich."

„Jetzt tuans scho wieder philosophieren, Herr Inspektor,

des is a afoche Frag, san die dort anders als wir?"

„Ned wirklich, Herr Josef."

„Na Gott sei Dank, i hab scho glaubt, sie verlassen uns."

„Auf keinen Fall, Herr Josef, wos tät ich denn dort, so ganz ohne sie?"

„Na wos waaß i? Des söbe wie da?"

„Und mir wär der Weg in die Arbeit auch viel zu weit."

„Na wenigstens was."

Kemmer erhob sich von seinem Platz und ging zur Schank. Das mit dem Personal, war mittlerweile keine einfache Sache. Entweder man fand niemanden, der sich den Job antun wollte, oder man fand jemanden, der über seinen Wert Bescheid wusste und dementsprechend wenig tat, weil er sich sicher sein konnte,

Kemmer ermittelt...
Stark im Kommen

dass er so seinen Job nicht verlor. Kemmer bestellte zwei weitere Biere für Tarp und sich selbst und bezahlte diese auch gleich. So würde er, wenn er es für nötig befand, aufstehen können und gleich gehen, ohne erst wieder auf die Rechnung warten zu müssen. Er steckte das Restgeld in seine Geldbörse, nahm die beiden frisch gefüllten Gläser und machte sich auf den Weg zu Tarp. Er würde sich heute wieder auf den neuesten Stand bringen lassen

Erwarten Sie gespannt den nächsten Band der Erfolgsserie

Kemmer ermittelt...
Pleno titulo

ENDE

„Im Sommer hab i vü öfters an Steifen, Herr Inspektor." Der Unterstandslose Josef Hirtal hält keinerlei Information zurück. Was hat es mit dem Toten am Friedhof der Namenlosen auf sich, den Josef Hirtal findet? Und wieso liegt, nicht einmal eine Woche später, eine weitere Leiche auf einem Friedhof in Simmering? Albin Kemmer stellt sich diesen Fragen, doch möchte er deren Antwort wirklich wissen?

Lesen Sie auch SIMMERING. Albin Kemmers letzte Tage im 11. Wiener Gemeindebezirk.

Taschenbuch, 2015. 156 Seiten. 9,50 € ISBN: 978-3738651669. Erhältlich im Fachhandel.

Kemmer ermittelt...

Die unspektakulären Erlebnisse des Rayoninspektors Albin Kemmer

Band 11
3.- Euro

Coram publico

Döbling unter Beschuss

36 Seiten Spannung! **Der Kriminalroman von dem ganz Wien spricht!**

Leserpost

Das Leben ist sinnlos, Beziehungen sind sinnlos, alles ist sinnlos. Endlich habe ich die richtige Lektüre entdeckt! *Norbert, Oberwolkersdorf*

Die Welt ist noch nicht reif für diese Romane. *Ulrike, Wien 15*

Ich freue mich schon darauf, wenn Kemmer endlich einmal nach Ottakring kommt. *Otto, Ottakring*

Wir wollten endlich erben und haben unserer Oma aus den Kemmer-Romanen vorgelesen. Danke, es hat geklappt, sie ist leise entschlafen. *Karin., Sievering*

Falls sie mal kein Klopapier zu Hause haben, bieten sich die Kemmerromane unweigerlich an. Es gibt keine bessere Verwendung dafür! *Alois, Wien 9*

Das Beste wäre, man stellt die Serie ein!. *Peter A., Aspern*

Mein Freund bringt mir die immer mit, ich vesreteh zwar nicht worum es geht, aber es taugt mir! *Elke, Zürich*

Schreiben Sie uns! Wir drucken Ihre Korrespondenz ohne Änderungen ab!
Leserpost an: kemmer@girmindl.at

www.girmindl.at

Kemmer ermittelt

Coram publico

Der Ausblick, welchen man vom Kahlenberg aus über Wien hat, wurde selbst schon in dem einen oder anderen Lied besungen. Warum auch nicht, hier muss sich niemand verstecken. Vor allem nicht die Landschaft. Der Kahlenberg stellt seit jeher ein beliebtes Ausflugsziel der Wiener dar, on alt oder jung, jede und jeder Bewohner der Stadt musste hier wohl schon mit der Volksschule gewesen sein. Oder mit der Großmutter, welche dann melancholisch zu singen begann „...mei Muaterl war a Weanerin, drum hab i Wean so gern..." Und war auch nicht der polnische König Sobjeski über den Kahlenberg auf Wien gekommen, um die Türken 1683 ein für allemal in die Flucht zu schlagen. Doch nicht nur historisches lässt sich mit dem Hausberg der Wiener in Verbindung bringen, am Gipfelplateau steht die Stefaniewarte, welche nicht an allen Tagen geöffnet ist und daneben, der Sendemast des österreichischen Rundfunks. An diesem Freitag im Oktober tummelten

Kemmer ermittelt...
Coram publico

sich Enkelkinder, Großeltern, Liebespaare und Einzelgänger jedes Alters beziehungsweise Geschlechts auf dem Kahlenberg. Die Garnituren der Linie 38A spuckten im Viertelstundentakt weitere Ankömmlinge aus. Es war ein strahlender Herbsttag und der musste genutzt sein. War es ein Besuch in der kleinen St. Josefs Kirche, einer der Aussichtsterrasse oder einfach nur ein Spaziergang zum Lebensbaumkreis. Der Kahlenberg bot seinem Besucher genau das, was er gesucht hatte. Man konnte nicht davon sprechen, dass es heute überlaufen wäre, Menschen aber waren genug da. An manchen Sonntagen war es schier unmöglich hier Ruhe zu finden, vor allem kurz vor und kurz nach den Sommerferien, früher konnte man keinen freien Platz mehr im Panoramarestaurant finden, heute fand man das Restaurant nicht mehr. Es hatte, trotz Widerstands,

einem Appartementhaus weichen müssen. Ein modernes Restaurant befriedigte von nun an die Bedürfnisse der Besucher, zumindest was Speis und Trank betraf.

Vera K., eine rüstige Endsechzigerin, die so gut wie jedes Wochenende in der freien Natur verbrachte, war nicht, so wie die meisten anderen Besucher an diesem Tag, mit dem Bus gekommen, sie war vom Fuße des Berges in andächtiger Freude hinaufgewandert. Über eine mobilisierte Besteigung konnte sie nur lachen. Auch über die Idee mit der Seilbahn, wofür würde man am Kahlenberg eine Seilbahn benötigen, absurd, dachte sie bei sich. Sie hatte auf einer Bank gegenüber der kleinen St. Josefs Kirche Platz genommen und öffnete nun ihren Rucksack. Sie wickelte ein in Bienenwachspapier eingeschlagenes Käsebrot aus, öffnete eine Dose mit in Würfel geschnittene Kohlrabi und schraubte danach ihre Preblauerflasche auf, um einen kräftigen Schluck daraus zu nehmen. Das Mineralwasser trank sie schon seit Jahrzehnten. Damals hatten die Flaschen noch

Schraubverschlüsse aus Metall gehabt. Bei jedem Öffnen war es ihr klt über den Rücken gelaufen, sie konnte dieses Geräusch einfach nicht ausstehen. Ende der 90er Jahre des letzten Jahrhunderts waren diese Schraubverschlüsse aber, so wie bei anderen Mineralwassererzeugern, durch Kunststoffverschlüsse ersetzt worden.

Vera K. biss in ihr Käsebrot. War es nicht so, dass der Käse, nachdem er ein wenig warm geworden war, erst so richtig sein Aroma entfaltete? Direkt aus dem Eiskasten schmeckte er nach gar nichts. Alles musste seine Zeit bekommen. Auch Vera K. hatte ihre Zeit bekommen. Sie war 69 Jahre alt. Siebzig würde sie nicht werden, denn der Moment, indem sie abermals die Flasche zu ihrem Mund führte, um zu trinken, würde ihr letzter sein. Der Schuss war kaum hörbar, viel zu viel Nebengeräusche, viel zu viel akustische Ablenkung machten es unmöglich, dass man etwas ausmachen, beziehungsweise, dass es Nachhinein Ohrenzeugen gegeben hätte, die zumindest ungefähr sagen konnt-

en, aus welcher Richtung der Schuss erfolgt sein könnte. Die Flasche zerbarst am Stein-boden in tausend Stücke, Vera K. bäumte sich kurz auf, sackte dann aber in sich zusammen und glitt langsam von der Bank, auf der sie ihr letztes Mal zu sich genommen hatte. Eine Gruppe Senioren versuchte zu Hilfe zu eilen, dachten die fünf Damen und drei Herren wohl in erster Linie darn, dass der Frau auf der Bank wohl schlecht geworden war, oder ihr Kreislauf kurz versagt hatte. Aber Vera K. war nicht einfach nur zusammengefallen. Mittlerweile hatte sich, eine immer größer werdende Blutlacke, gebildet, genährt durch ein kleines, aber stetig fließendes Rinnsal. Beim Anblick der Szene wandten die Senioren ihren Blick ab und mussten selbst darauf achten, ob des Anblicks nicht selbst zusammenzufallen. Dragan Z., Kellner im unmittelbar neben der

Kemmer ermittelt...

Coram publico

Aussichtsplattform liegenden Restaurant, der gerade damit beschäftigt war, seine gewerkschaftlich vorgeschriebene Rauchpause zu konsumieren, wurde ob des kleinen Tumults, der sich mittlerweile entwickelt hatte, aufmerksam und eilte umgehend zu Hilfe. Ausrichten konnte er aber nichts mehr. Alles was ihm übrig blieb war, Rettung und Polizei zu alarmieren.

In nicht allzu großer Entfernung flogen Drachen durch die Lüfte, spielten Kinder fangen oder blickten ältere Damen mit ihren Enkeln wehmütig über ihr Wien. Hunde ließen es sich nicht nehmen den Lebensbaumkreis zu bewässern, andere kämpften gegen ihre Höhenangst im Kletterseilgarten und wieder andere, ja wieder andere standen ringsum die Bank vor der St. Josefs Kirche und beobachteten genau, was Rettungssanitäter und Polizisten so machten, wenn sie zu einem Einsatz gerufen wurde. Die beiden Kinder, die mit ihrem Handy die ganze Szene filmten, wurden von einem der beiden Polizeibeamten effektiv verscheucht. Anders erging es Pjotr Szycinskjy. Von Freitag bis Sonntag wurde die Josefskirche, eine Filiale der Gemeinde Kahlenbergdorf, geöffnet, sodass auch die, immer weniger werdenden, Pilger, hauptsächlich polnischer Natur, sich herzlich willkommen fühlen konnten. In seiner Funktion als Priester, sah er es in seiner Aufgabe, der Toten die letzte Ölung mit auf den letzten Weg zu geben. Naturgemäß verwehrten ihm aber das die Beamten. Er würde mögliche Spuren zerstören und außerdem konnte er doch gar nicht, ob Vera K. das überhaupt gewollt hätte. Vielleicht war sie ja Buddhistin gewesen oder hatte an gar nichts geglaubt. Ein kleines Kreuzzeichen durfte er dann aber doch tun. Besser als nichts, dachte er bei sich und machte sich wieder zurück in seine Kirche, um dort eine weitere Reisegruppe aus dem schönen Wadowice, dem Geburtsort von Papst Johannes Paul dem II. Selbst der war schon einmal hier gewesen. Beim

Eintreten in die Josefskirche bekreuzigte Szycinskjy. Es konnte losgehen.

*

Die Schlagzeile der beim Publikum beliebtesten Zeitung, konnte reißerischer nicht sein: Mordanschlag am Kahlenberg – reicht die Spur bis zur Türkenbelagerung zurück? Etwas weithergeholt, dachte Albin Kemmer bei sich, als er am, dem Mord folgenden Tag, in seinem Rayon unterwegs war. Es war immer noch viel zu warm für diese Jahreszeit. Nicht einmal am Morgen war es kalt genug. Die Einen sagten, das gab es immer schon, die anderen waren davon überzeugt, dass es am sogenannten Klimawandel liegen musste. Kemmer enthielt sich, er wusste, dass wenn er auch nur eine der beiden Möglichkeiten kurz hinterfragte, sein Gegenüber harsch reagieren würde, ihn als wasauchimmer zu beschimpfen. Es war nicht mehr so wie früher, das war definitiv sicher. Aus Meinungen waren Überzeugungen geworden, die Überzeugten hatten ihre ihre Überzeugung zur Religion gemacht und alle Zwischenstufen waren verschwunden; es gab nur noch entweder-oder. Das entzog jeglicher Diskussion eine Grundlage, die man über Jahrzehnte vorgefunden hatte, langsam war sie verschwunden und die Menschen waren in ihren Blasen verschwunden und jeglicher Austausch war zu einem Gefecht mutiert. Das Trennende hatte man über das Verbindende gestellt. Als gäbe es nicht ohnehin schon genug Probleme, dachte Kemmer, als er die kleine Trafik am Karmeliterplatz betrat.

„Grüß Sie, Herr Inspektor."

„Schönen Vormittag, Herr Guttmann, wie läuft das Geschäft?"

„Eigentlich gut. Nachdem man sich mittlerweile fast gsundrauchen kann."

Kemmer ermittelt...
Coram publico

„Das müssen mir erklärn."

„Najo schauns, bisher war Rauchen schädlich, zumindest hat man das immer so gheat."

„Darauf können wir uns einigen, denk ich."

„Na wartens amoi. Rauchen is schädlich, gehen wir davon einmal aus, also was mach ma in Österreich? Nix, genau. Irgendwann hamma dann die Gschicht mit den Bildern übernommen, auf jedes Packl a Raucherlung, schee, was mach ma, Etuis für die Packln. Dann brauchens zehn Joa für a Rauchverbot – hin und her, wir wissen – was hat des bewirkt?"

„Ma stinkt nimma, wenn ma heimkommt?"

„Richtig. Als hätte der Verein für olfaktorische Ordnung das verlangt. Nix is passiert, Herr Inspektor, denn kaum wird das Rauchen giftig, kommen scho die Ersatzgschichtn. Nikotin im Kausackerl, gsunde Zigaretten, die ned rauchen, was auch immer. Und angfixt werdn die Jungen sowieso. Schauns, was ham mia gsoffen als Junge? An Adabei Marillenwein, an Erdbeerwein, die ganzen siaßn Sochn. Und beim Rauchen hams es genauso, da könnens Pfirsich rauchen, Kirsche, Wassermelone, Vanille, scheiß drauf, das Gschäft rennt, so oder so."

„Najo, die Wirtschaft will halt auch, dass es ihr gut geht."

„Was hätten denn sie gern?"

„Ich hätte gerne eine Schachtel JPS."

„Eh wie immer."

„Und wie immer selten."

„Sie rauchen ned vü."

„Wie gesagt, selten halt."

„Is eh gscheider."

„Ich hoffe", sagte Kemmer und legte drei 2-Euro-Münzen auf die Budel.

„Hams des schon ghört?"

„Was denn genau?"

„Na steht eh groß auf jedem Titelblatt, der Mord am Kahlenberg."

„Ja, ich weiß aber auch ned mehr, als sie."

„Aber doch arg, weil so mitten unter die Leut, a guada Schütze, wenns mi fragen."

„Oder a Zufallstreffer und er wollt halt nur irgendwen treffen."

„A Möglichkeit, da könntens recht haben, najo, sie sind halt a Kriminaler."

„Ich bin nur ein einfacher Rayonsinspektor, Herr Guttmann, die Kriminalpolizei, das sind schon andere."

„Najo, eh, aber wir wissen ja, sie haben schon den einen oder anderen Fall gelöst, die Leut reden ja."

„Naja, gelöst kann man nicht sagen."

„Naja, sie sind halt bescheiden, aber der Herr Tarp erzählt mir immer alles, was sie so drauf haben, was sie so treiben."

„Aha, gut zu wissen", lachte Kemmer, „ da werde ich mich in ukunft ein bissl zurückhalten."

Kemmer ermittelt...
Coram publico

„Bescheidenheit ist eine Zier, doch weiter kommt man ohne ihr."

„Na wies meinen, aber glaubens mir, ich hab bisher höchsten einen Fall wirklich geklärt, ich kann das gar nicht, ich hab ja nicht einmal alle Informationen, wenn was passiert, wie gesagt, ich bin ein einfacher Polizist, ned mehr und ned weniger."

„Und wer, glaubens, war das a Kahlenberg?"

„Herr Guttmann, ich habe keine Ahnung. Ich weiß ja nicht einmal genau, was passiert ist. Eine Frau wurde offensichtlich coram publico erschossen."

„Mit was erschossen?"

„Coram publico, vor versammelter Menge, das ist Latein."

„Aso, Latein, wie in der Kirchn."

Kemmer ermittelt...
Coram publico

„Fast, Herr Guttmann, fast. Aber wie gesagt, ich habe keinerlei Ahnung, worum es sich bei diesem, es ist offensichtlich ein Mord, handelt, tut mir leid."

„Najo, wenns was herausfinden, erzählens mirs."

„Sie werden der erste sein, der etwas von mir erfährt, versprochen."

Kemmer verabschiedete sich und trat wieder auf den belebten Markt hinaus. Er überblickte kurz die Szenerie, es war auch seine Aufgabe, lies seinen Blick schweifen und machte sich dann, den Karmelitermarkt querend in Richtung Schiffamtsgasse auf. Es war ein geschäftiger Samstag und das gehobene Publikum war damit beschäftigt sich mit der Auswahl des, für das morgige Mittagsmenü, passenden Biofischs den studierten Kopf zu zerbrechen. Den dazu passenden Salat zog man, standesgemäß auf der Dachterrasse, Karotten und Kartoffel müsste man zukaufen. Ebenso den Demeter Biowein. Ungefiltert, versteht sich von selbst. Kemmer überlegte kurz bei sich, ob er dem Verlangen nach einer Leberkässemmel nachgeben sollte oder nicht. Er entschied sich dagegen und entfernte erst einmal das Cellophan seines Zigaretten- packerls. Der zusammengekrüm- mte Mann auf dem Photo, offensichtlich sollte er Impotenz durch Rauchen darstellen, schien, abgesehen von seinem Problem, welches uns das Sujet vermitteln sollte, ein recht gesunder und wohl auch durchtrainierter Vertreter seiner Spezies zu sein, ob diese Abschreckung nicht in die falsche Richtung ging? Sollte die Zielgruppe fünfundvierzig, übergewichtig, Nichtraucher, männlich sein, konnte man sich überlegen, ob man da nicht zu Rauchen beginnen sollte. Kemmer schüttelte innerlich den Kopf, steckte sich die erste Zigarette seit mehr als drei Wochen zwischen die Lippen und zündete sie an. Der erste Zug war immer der beste. Und wenn man nicht regelmäßig rauchte, entfaltete er auch die Wirkung, die man als passionierter Raucher später dann vermisste. Es war wie bei vielem, es wurde nur Normalität und blieb nicht etwas Besonderes.

*

„Wir haben die Kugel im Asphalt sicherstellen können. Ein Glück, dass sie niemand weiteres verletzt hat."

„Die Kugel ist in einem Winkel von knappen 45 Grad in den Körper von Vera K. eingedrungen, wurde nur minimal abgelenkt und ist dann unterhalb der linken Brust ausgetreten um gleich darauf im Asphalt stecken zu bleiben. Ein glatter Herzdurchschuss. Und genau so wie sie es sagen, ein Glück für alle anderen, wie leicht hätte jemand zu nah an der Toten stehen können und wäre so zumindest verletzt worden."

„Was wissen wir noch?"

„Nun, so gut wie nichts. Das Projektil ist ein weit verbreitetes Kaliber in der Jägerschaft, aber auch bei Sportschützen, das können sie nicht zurückverfolgen und wenns im Internet gekauft wurde, dann wissen wir sowieso nichts über Käufer und Sonstiges."

„Und das Opfer?"

„Über das Opfer konnten wir mittlerweile so Einiges herausfinden. Vera K. geboren in St. Veit an der Gölsen, Jahrgang 54, wohnhaft in Wien Leopoldstadt. Pensionierte Lehrerin, hat an einer HTL unterrichtet. Keine Vorstrafen und keinerlei Besonderheiten. Sie hat einen Facebookaccount, hauptsächlich ist sie dort mit Kollegen aus der Lehrerschaft befreundet und mit ein paar, offensichtlich ehemaligen Schülern und Schülerinnen. Das wars aber dann auch schon."

„Bis auf eine Kleinigkeit-„

„Genau, sie dürfte offensichtlich in einem Swingerclub einge-schrieben gewesen sein. Also regel

Kemmer ermittelt...
Coram publico

mäßige Besuche und sowas. Aber da sind wir noch dran."

„Na dann, bohrens nach, bei den Puderanten. Vielleicht ergibt sich ja was."

„Wie meinen?"

„Ermittlungserkenntnisse, was glauben sie, dass ich meine."

Die Beamten der Gruppe Mord saßen bei Zigaretten und Kaffee und schauten desinteressiert auf die Obduktionsergebnisse, die von einem Beamer an die weiße Wand geworfen wurden. Die Bilder der Eintritts-, beziehungsweise Austrittswunde waren eine willkommene Abwechslung für die Beamten, handelte es sich in diesem Fall lediglich um kleine Wunden, die als unspektakulär darstellten. Gustav Pospicil zündete sich eine weitere Zigarette an, inhalierte den ersten Zug tief und nahm, bevor er den Rauch wieder ausblies, einen Schluck von seinem kalten Kaffee. Meine Herren, die nächsten Schritte sind einerseits, die DANN-Analyse von der Kugel, wenn sich dort andere Spuren, als wie jene der Toten finden, dann haben wir wenigsten irgendwas vom Täter. Und bezüglich dem Swingerclub-"

„Da ist der Erwin mit seine Leut dran!"

„Super, Kollege Dornbisch, die sollen ihre Ergebnisse umgehend rüberschicken, ich will dem ned wieder nachrennen."

„Ich schätze mal, sie werden die Ergebnisse auf schnellstem Wege bekommen. Wenns welche gibt."

„Auch kein Ergebnis ist ein Ergebnis!"

Mit diesen Worten schloss Pospicil die Sitzung indem er sich erhob, seine Zigarette in seinen Kaffeebecher warf und den Raum verließ. Adrowitzer stand ebenso auf und öffnete ein Fenster, des mit Rauchwolken gefüllten Raumes, Dornbisch loggte sich aus dem internen IT-System aus und schaltete den Beamer aus.

„Was gibt's heute zu Mittag", stellte er die alles entscheidende Frage.

„Keine Ahnung, musst schauen, aber ich hab eh ka Zeit, ich muss jetzt gleich weg, ich hab an Termin in der Schule von mein Sohn."

„Ah, was hat er denn angestellt?"

„Eigentlich nix, irgendwem eine aufglegt, der jemand anderem eine aufglegt hat."

„Oh, der Rächer."

„Eher der Beschützer, aber ie gesagt, nix Besonderes."

*

Josef Tarp saß alleine im Gastgarten, er genoss die letzten Sonnenstrahlen des Herbstes. Dieses Jahr war es besonders lange warm und er dachte bei sich, dass er sich an solch einen warmen Herbst bisher gar nicht erinnern konnte. Vielleicht hatten sie ja ein wenig recht, die Klimakleber. Vielleicht stimmte ja wirklich etwas nicht mehr so ganz mit dem Wetter. Allerdings fand er es auch recht angenehm, zu dieser Zeit noch ohne dicker Panier sich im Freien aufhalten zu können. Die Zeiten ändern sich

Kemmer ermittelt...
Coram publico

einfach, dachte er bei sich. Entweder man passt sich an, oder man bleibt über.

„Herr Tarp, meine Verehrung", mit einem feuchten Wettex in der Hand, kam Frau Gundi auf Josef Tarps Tisch zu. „Schauns, bei ihnen wisch ich noch einmal drüber, die anderen Tische wisch ma gar nimmamehr ab. Wir warten a scho drauf, dass koid wird."

„Danke, aber is es ned besser, wenns warm is, besser fürs Gschäft?"

„Ned wirklich. Es verirren si immer a poa Leut da raus, aber ned so vü, dass ma sogt, der Gastgarten rennt. Des Wetter is total unberechenbar und die meisten Leut setzen sich eh hinein, höchstens a poa Raucher bleiben draußen-„

„Und i!"

„Ja, sie; obwohl Nichtraucher!"

Kemmer ermittelt...
Coram publico

„Hab i scho lang aufgebn."

„Sehr gscheit. Was hättens denn gern?"

„Na wos glaubens, a Bier, dann bin i happy!"

„Kommt sofort, Herr Tarp, ich eile."

„Alles mit der Ruhe, kein Problem, ich rühr mich nicht vom Fleck."

Tarp blickte zwischen den Ästen der Bäume hindurch, die ihr Laub schon fallen gelassen hatten. Die Blätter lagen nun auf und unter den Tischen des keinen Gastgartens. Die Sonne blendete ihn ein wenig und er senkte seinen Blick. Jetzt wo er so alleine da saß, fiel ihm auf, dass er immer seltener jemanden traf, den er schon lange kannte, der quasi zum Inventar gehörte, zum Lebens-inventar des Josef Tarp. Waren wirklich schon so viele tot? Waren sie einfach verzogen, wenn ja, wohin? Selten nur traf er alte Bekannte, Leute, mit denen er sich zusammensetzte und das ein oder andere Bier trank. Ja, Kemmer traf er öfters, meist zufällig, aber der zählte nicht. Erstens war er Polizist und hier dienstlich unterwegs und zweitens war er um einiges jünger. Nein, den konnte man nicht zum leise verschwindenden Inventar zählen. Just in diesem Moment, bei diesem Gedanken, stellte Frau Gundi ein frisches Krügel vor Tarp auf den Bierdeckel.

„Wohl bekomms, Herr Tarp! Und tuns ned so grübeln, man sieht ihnen das ja von der Weiten schon an, es wird ned besser, wenn man sich in einen Strudel reindenkt, der zieht einen nur runter, glaubens mir das."

„Sie haben eh recht, Frau Gundi, des ganze Hirnwichsen hat eh noch nie was bracht."

„Genau, also, prost!"

Frau Gundi entfernte sich dezent, sie konnte auf eine langjährige Erfahrung zurückgreifen, die ihr gelehrt hatte, Pausen zu nutzen und auf diese Art und Weise,

Gespräche zu beenden. Sie war Kellnerin und keine Therapeutin, ihre Ratschläge verteilte sie großzügig, dann war Schluss. Tarp sah ihr stumm nach.

*

Der Wertheimsteinpark wurde 1835 als Privatgarten angelegt, Bauherr war der Schalfabrikant Friedrich von Arthaber. Leopold von Wertheimstein kaufte dann 1867 den Park und die daran angrenzende Villa. Seine Tochter Franziska, die freudig das Grundstück erben durfte, vermachte 1908 Park und Villa der Stadt Wien mit der Auflage, dass der Park immer als öffentliche Grünfläche erhalten bleiben müsse. Und so besuchten, in den letzten Oktobertagen, bei ausgesprochen schönem Wetter, zahlreiche Anwohner die Anlage. In der Regel waren das Pensionistinnen und Jungfamilien. Die ältere Dame, die ihren Mann ja meistens um mehr als zehn Jahre überlebte, wusste sich mittlerweile etwas anderes mit ihrer verbliebenen Zeit anzufangen, als nur depressiv in der Döblinger Alt

bauwohnung zu sitzen und vor sich hin zu siechen. Die Dame von Welt ließ es mittlerweile zu, auch ohne ihrem Verblichenen, Gott hab ihn selig, Freude am Leben zu haben. So teilte sich diese Bevölkerungsgruppe mit den sich in Karenz befindlichen Müttern, und immer mehr werdenden Vätern, die Grünanlage zu Tageszeiten, an welchen der werktätige Mensch sich auf Arbeit befand.

Iris M. war mit ihrer Tochter, nachdem sie Waschmaschine und Geschirrspüler eingeschalten, den Tisch abgewischt und einmal schnell die Böden gesaugt hatte, wie so oft, auf dem kleinen Spielplatz neben der Hundezone. Dort konnte Emma sich austoben, herumtollen und Iris M. zumindest für eine kurze Zeit sich entspannt auf einer der umliegenden Parkbänke niederlassen.

Kemmer ermittelt...
Coram publico

Den Schuss hörte niemand. Auch wenn der umliegende Verkehr durch die Bäume verdeckt und der Lärm somit etwas gemindert in den Park drang, war es immer noch die städtische Geräuschkulisse, die den lauten Knall verschluckt hatte. Iris M. kippte umgehend vornüber und schlug mit ihrem blutigen Kopf dumpf auf den Asphaltweg. Das Blut, das aus ihrem leblosen Körper floss, bildete ein starkes Rinnsal, welches sich in kürzester Zeit zu einem kleinen rubinroten See aufstaute. Emma ließ sich von all dem nicht beeindrucken und spielte konzentriert weiter. Auch die Menschenmenge, die sich mittlerweile rund um die Bank angesammelt hatte, auf welcher ihre Mutter gerade noch gesessen war, auch die ignorierte Emma bei ihrem Spiel. Erst als sie vorsichtig von einer Polizeibeamtin angesprochen wurde, blickte sie auf und lächelte. Man ließ sie weiterspielen, ihr Vater war verständigt worden und mittlerweile auf dem Weg in den Park. Seine erste Reaktion, als in den Park kam, galt seiner Tochter. Dann wollte er wissen, warum seine Tochter nicht weggebracht worden war.

„Wir haben uns gedacht, dass es das Beste sei, wenn wir sie weiterspielen lassen."

„Aso, was ist das, Polizeipädagogik? Da drüben", und jetzt flüsterte Andreas U. „ da liegt ihre Mutter, tot, rundherum nur Kieberei, glaubens, dass das an Sinn macht. Die speichert die Bilder ab und hats ein ganzes Leben lang auf der Festplatte, sehr gscheid."

Mit diesen Worten hob er seine Tochter hoch und verließ wortlos den Spielplatz. Vernehmen sollten sie heute jemand andres, er hatte dafür keine Nerven. Erst einmal weg von hier. Und warum eigentlich das alles, wieso sollte jemand seine Freundin erschießen? Noch dazu, während sie mit ihrer gemeinsamen Tochter auf dem Spielplatz war. Warum nicht eine von den alten

Schachteln, Döbling wimmelte ohnehin davon, das würde niemandem auffallen, wenn da eine fehlte. Er verwarf diesen Gedanken sogleich wieder, eine natürliche Reaktion in so einer Situation, warum kann das Schicksal nicht jemand anderes treffen, warum ausgerechnet ihn. Jetzt, wo wieder alles im Lot war. Viel zu hell für diese Jahreszeit, dachte er bei sich und er klappte die Sonnenblende herunter. Dann startete er den Wagen.

*

„Meine Herren, was haben wir für neue Erkenntnisse?"

„Auf jeden Fall haben wir einen weiteren Mord."

„So viel weiß ich selbst."

Pospicil holte sich eine Zigarette aus der Packung und zündete sie sich an der in seinem Mund an. Pudern hatten sie früher dazu gesagt. Es war wahrscheinlich das einzige Pudern, mit dem er derzeit zu tun hatte. Nach dem Abdämpfen der einen Zigarette, nahm er einen Schluck kalten Kaf

Kemmer ermittelt...
Coram publico

fees aus seinem Becher, um dann wieder, mit den Worten: „also, was hamma?", in die Runde zu blicken.

„Zwei Morde innerhalb von wenigen Tagen, zwei Morde mit dem gleichen *modus operandi.* Zweimal eine weibliche Ziel-person."

„Das muss nix heißen."

„Richtig, das muss nichts heißen, kann aber trotzdem von Bedeutung sein."

„Vom Alter her, gibt es bei den beiden Opfern, keine Gemeinsamkeit. Vera K. war 69 und Iris M. erst 27. Da gibt's keine Verbindung. Auch kein Verwandtschaftsverhältnis."

„Guad, jetzt wiss ma, was wir nicht haben, aber was hamma?"

„Mörder, hamma auch keinen!"

Kemmer ermittelt...
Coram publico

„Noch!"

„Genau, also weiter bitte, fahrens fort, Herr Kollege, gibt's was neues von der ersten Leich?"

„Ned wirklich. Die DNA-Spuren auf der Kugel, waren allesamt von der Toten, wenn noch andere Spuren vorhanden waren, dann waren sie nicht auswertbar. Wir haben auch im Bekanntenkreis ermittelt, das Ergebnis war zu erwarten, niemand hat sich vorstellen können, dass wer ihr was böses will. A nette oide Lehrerin in Pension. Aber – die Gschicht mit dem Swingerclub, die is scho spannender."

„Aso, warum?"

„Najo, in dem Alter noch-„

„Was soll das heißen?"

„Wurscht. Sie war gern gesehenes Mitglied, aber erst seit der Pension. Anscheinend war ihr das als Lehrerin doch etwas zu heikel. Sie war fast regelmäßig einmal in der Woche auf a poa Stich-„

„Bitte!"

„Sie war drei viermal im Monat im Club."

„Und, irgendwelche fixen Partner oder Leute, die dort auch regelmäßig verkehrn?"

„Alle abgegrast, keine Ergebnisse. Sie ist anscheinend für einen wöchentlichen Fick in den Swingerclub, und das wars dann auch wieder."

„Quasi unauffällig."

„Kann man so sagen. Dann hätten wir am Kahlenberg noch die Frage nach dem Schützen."

„Oder nach der Schützin."

„Unwahrscheinlich, aber möglich. Also, der Schütze – oder die Schützin, muss sich auf höherem Niveau als das Opfer aufgehalten haben. Das kann in diesem Fall dann aber nur auf einem Baum gewesen sein. Und welcher das genau war, ist schwer zu eruieren, dort stehen nämlich einige herum. Gesehen hat ihn, oder sie, auch niemand."

„So vü Leut unterwegs und alle blind."

„Najo, nicht dezidiert blind, aber es ist ihnen halt nix aufgefallen."

„Na gut, zusammenfassend kann man also festhalten; wir haben eine Leich am Kahlenberg, a pensionierte Lehrerin, aktiv, auch einmal wöchentlich im Swingerclub, beliebt und das wars."

„Genau."

„Na fein. Und der zweite Mord?"

„Anders, aber ähnlich."

„Na sagens schon!"

„Nur ka Hektik, also, der Schuss muss aus einem der angrenzenden Gebäude gekommen sein. Wir haben das genauestens überprüft. Es kommen dafür 87 Wohnungen in Frage, dreizehn Lofts und mehrere Dachböden. Und das ist das Problem, zu den meisten Dachböden kann man sich nämlich Zugang verschaffen, zumindest wenn man einen Postschlüssel hat und den, wenn man will, kann sich jeder und jede besorgen."

„Das ist natürlich deppat. Und für-"

Kemmer ermittelt...
Coram publico

„Genau, für 87 Wohnungen bekommen wir keine Durchsuchungsbefehle. Die erklären uns ja für verrückt."

„Da ist es im Wald ja noch einfacher."

„Ja, dort brauchen wir keinen Durchsuchungsbefehl, finden aber auch keine Spuren. Das heißt, meine Herren, wir tappen im Dunkeln."

„Kann man so sagen."

„Und das zweite Opfer, was war mit der?"

„Eine Elementarpädagogin."

„Eine was?"

„Eine Kindergärtnerin."

„Kenn mi aus!"

„Wie gesagt, sie war 27 Jahre alt und Mutter einer 18 Monate alten Tochter. Sie befand sich in Karenz. Der Kindsvater, beide waren an derselben Adresse gemeldet, ist 29, arbeitet bei Miele in der IT-Abteilung. Beide unbescholten und unauffällig. Eine klassische Jungfamilie, heutzutage halt."

„Und keine Verbindungen?"

„Nein, keine offensichtlichen. Nur Parallelen."

„Welche?"

„Ähm, die beiden Morde?"

„Trottel."

*

„Mi derfns des ned fragen, Herr Inspektor, woher soll i sowas wissen? Ich kann nur des sogn, was mir mei Frau erzählt hat, und die kennt die erste Leich."

„Die Welt ist halt ein Dorf."

„Das können getrost behaupten. Waaß ma eigentlich schon, wer der Mörder ist?"

„Nicht, dass ch wüßte."

„Na dann müssens a bissl schneller ermitteln, Herr Inspektor." Tarp lachte laut auf.

„Schauens, sie wissen doch eh, dass ich nichts mit solchen Fällen zu tun habe, ich bin hier im zweiten ein einfacher Rayonsinspektor, das wars."

„Aber in Simmering habens sogar mehrere Morde aufgeklärt!"

„Naja, das war ja nur ein Zufall, ich war da mitten drin, aufgeklärt hab ich nichts, die Lösung lag quasi vor mir."

„Ja, wir kennen eh alle die Gschicht. Was hält sie davon ab, hier ein bissl zu ermitteln."

„Aber Herr Tarp, erstens ist das nicht mein Job und zweitens habe ich ja gar keine Informationen, ich weiß genau so viel wie sie, was halt so in der Zeitung steht und was im Fernsehen berichtet wird. Das wars dann aber auch schon, das ist zu wenig, um irgendetwas aufzuklären."

„Alles klar, Herr Inspektor. Mir is es eh wurscht. Es wird halt alles interessanter, wenn ma die Leich kennt hat."

„Ihre Gattin."

„Ja, mei Gattin, aber die redt über nix anderes mehr, mir is scho so, als wenn i mit der Leich selbst ind Schul gangen wär."

„Ihre Frau ist mit der Toten in die Schule gegangen?"

„Ned direkt, mei Frau war auf der VHS, bei irgend so einem Abendkurs, sie hat sich eingebildet, dass sie noch a bissl Bildung braucht; wenns mi ehrlich fragen, ich weiß gar nicht mehr was sie dort gmacht hat. Aber wurscht, die Tote also diese Vera Krauss, so hats ghassn, die hat dort unterrichtet, jeden Donnerstag war des. Was glaubens, was des für schöne Abende warn. Da hab ich endlich in Ruhe fernsehen können. Niemand redt drein. Und wie mei Oide heimkommen is, war ich bettfertig."

„Das ist das Geheimnis einer langen Ehe."

„Was?"

„Auszeiten."

„Möglich, kann i ned sagen, i bin ja wenig zhaus. Aber zum Essen geh ich schon heim."

„Wie geht's der Gattin denn überhaupt?"

„Wie solls ihr schon gehen, gut, die hat ja mi!"

„Natürlich, Herr Tarp, aber abgesehen davon."

„Schauens, wenns reden kann, dann geht's ihr guad, da rennt den ganzen Tag die Pappalatur, jetzt is halt die Frau Lehrerin dauernd Thema, schau ma was des nächste is."

„Es ist schon wichtig, vor allem wenn man älter wird, dass man sich noch für das eine oder andere interessiert. Das hält fit im Kopf."

Kemmer ermittelt...
Coram publico

„Jo eh, wenns des halt für sich machen tät. Aber schauens, die braucht ja mich dazu, die muss mir das alles ja dann immer erzählen."

„Sinds froh, dass sie nicht allein daheim sitzen müssen."

„Bin ich eh, Herr Inspektor. Aber schauens, jetzt triff i ihna da zufällig, fragt mi dann mei Frau, was sie schon herausgefunden haben, dann kann i ihr nix dazöhn, weil sie behandeln den Fall ja goaned, was glaubens, was dann wieder los is?"

„Was soll los sein."

„I waaß a ned. Egal. Trinken wir noch ein Bier, es is vielleicht der letzte Abend wo ma noch heraußen sitzen kann."

„Genau, lassens uns die letzten Sonnenstrahlen genießen, s

kommt dann eh bald das schiache Wetter."

„Glaubens? Die letzte Generation sagt was anderes."

„Jetzt bin i aber baff, sie kennen die letzte Generation?"

„Ja, alle beide, die die auf der Straßen picken und die letzte mit Hirn, zu der ghör ich."

„Naja, aber die die demonstrieren, sind ja auch nicht blöd."

„Das hab ich eh ned gsagt. Aber ich bin mir nicht sicher, was des bringt, außer Radau."

„Wieso Radau?"

„Najo schauns. Heut is des nimma so wies amoi woa. Heut san olle glei auf 180, da gibt's ka reden mehr, ka Streiten, es is immer nur schwarz oder weiß, aber glaubens mir, des Leben is ned schwarz/weiß."

„Da habens recht, eigentlich traurig."

„Na sicher is des traurig. Ich kann mich an Zeiten erinnern, da hats zwei, drei Faustwatschn geben und nachher hat ma gemeinsam weitergsoffn. Heut muass ana tot sein, dass was geklärt is. Und drum sag i, das mit dem Auf-die-Straße picken, hüft ned wirklich was."

„Najo."

„Aber sie haben schon recht, besser auf der Straßen picken als wie im Pfarrhof Kinder ficken."

„A harte Ansage."

„Ja, aber es is so, und es wird no härter."

*

Gerald L. lag mit herabgesunkenem Kopf auf seinem Schreibtisch. Es war spät gewesen und er hatte beschlossen, die Nacht in dem kleinen Büro zu verbringen, welches sich hinter der strengen Kammer seines Clubs befand. Den Whisky hatte er noch austrinken wollen, doch dann hatte

ihn der Schlaf übermannt und Gerald L. ihm nachgegeben. Als er erwachte, brummte sein Schädel. Er versuchte sich aufzurichten, durch die stundenlange Fehlhaltung seines Nackens aber, ging das nur in winzigen Schritten. Dann warf er einen Blick auf die Anzeige seines Smartphones. Es zeigte sieben Minuten nach sieben. Gerald L. streckte sich, dann stand er auf. Er griff nach der Schachtel Marlboro auf dem Schreibtisch, fischte eine Zigarette aus der Schachtel und warf die leere zerknüllt in den Papierkorb. Mit der Zigarette im Mund verließ er sein Büro, durch-

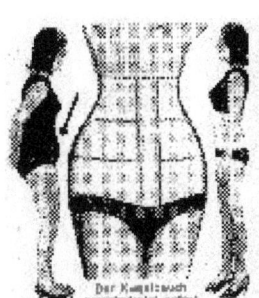
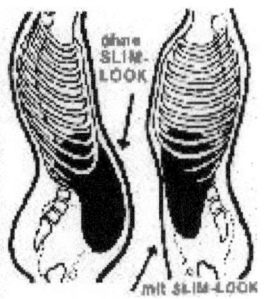

schritt die Räumlichkeiten seines Clubs und trat dann, nachdem er die Tür aufgesperrt hatte auf die, um diese Tageszeit, noch relativ leere Gasse. Hinter sich versperrte er die Eingangstür wieder; das Reinigungspersonal hatte seine eigenen Schlüssel. Dann machte er sich auf den Weg zu seinem Wagen, den er in einer der Nebengassen geparkt hatte. Noch immer verspannt ließ er sich auf den Fahrersitz fallen, schnallte sich nach einem kurzen Moment an und startet den Wagen. Aus den Lautsprechern dröhnte eine überdrehte Radiostimme, faselte etwas von „der frühe Vogel fängt den Wurm", gab Verkehrsbeeinträchtigungen durch und präsentierte dann den letzten Hit von irgendjemandem, von dem Gerald L. noch nie etwas gehört hatte. Und so sollte es auch bleiben. Mit einem Knopfdruck auf seinem Lenkrad schaltete er auf CD um und ließ so Bach erklingen. Der Verkehr war zu dieser morgendlichen Zeit ausgesprochen entspannt. Niemand schien es eilig zu haben, niemand war auf der Flucht. Da läutete Gerald Ls Handy. Mit einem weiteren Knopfdruck aufs Lenkrad hob er ab und wartete auf die Stimme des Anrufers.

„Gerald?"

„Ja, was gibt's?"

„Na das möchte ich dich fragen, du bist überhaupt nicht erreichbar, warum meldest dich denn nicht?"

„Ich bin heut nicht heim, hab im Büro geschlafen."

„Im Büro, wieso das?"

„Ich war müd und bin am Schreibtisch eingepennt."

„Auch eine Eigenheit. Da hast die ganze Hütte voller Betten und dann schlafst am Schreibtisch."

„Du glaubst doch ned, dass ich mich in die angspritztn Betten leg, ned bevor der Putztrupp kommt, sicher nicht."

„Is eh egal, wo bist denn?"

„Ich fahr grad die Mahü runter."

„Super, dann treff ma uns im Landtmann."

„Wieso das?"

„Weil ichs sag."

„Na dann füge ich mich."

„Dir bleibt auch nichts anderes übrig."

„Du musst nur entschuldigen, ich sehe wohl gerade etwas ungebügelt aus."

„Ich hab dich schon in den unterschiedlichsten Aggregatzuständen erlebt, ich wird das also auch verkraften, also bis gleich."

Bevor er sich noch verabschieden konnte, hatte sie schon aufgelegt. L. lenkte seinen Wagen durch die Begegnungszone und bog dann in die Ringstraße ein. Kurz darauf hatte er hinter dem Bundeskanzleramt einen Parkplatz gefunden, seinen Wagen abgestellt und war zu Fuß unterwegs ins verabredete Kaffeehaus. Er sah die elegante Mittvierzigerin an einem Tisch gleich in Eingangsnähe sitzen. Als sie ihn sah winkte sie kurz und widmete sich dann wieder ihrer Cremeschnitte. L. setzte sich ihr gegenüber und bestellte, beim Ober, der umgehend

neben ihm aufgetaucht war, einen doppelten Espresso.

„Und, was mich ja echt brennend interessiert, gibt's was neues von der Polizei?"

„Nix gibt's, die waren da, haben mich wegen der Vera befragt und das wars, wenn die was rausfinden, glaubst, dass die mich darüber informieren?"

„Naja, was weiß man, vielleicht sinds ja schlauer, als man glaubt."

„Geh bitte, die haben ja nicht einmal eine Verbindung zur Iris herstellen können."

„Naja, die war halt diskreter, verständlich mit einem kleinen Kind und einem Mann dazu."

„Wahrscheinlich."

„Findest es eigentlich nicht komisch, dass zwei von deinen Stammgästen auf die gleiche Art

Kemmer ermittelt...
Coram publico

umgebracht werden?"

„Sicher is das komisch, aber ich hab mir nichts vorzuwerfen. Ich hab ein Lokal, einen Club - "

„Einen Swingerclub, das ist schon etwas anderes."

„Heutzutag auch nimmer. Die beiden waren Gäste, das wars, ganz ehrlich, was soll das mit mir zu tun haben."

„Na das weiß ich auch nicht."

„Reden wir von was anderem, unser Wochenende steht?"

„Na sicher, warum ned?"

„Weiß ja nicht, vielleicht hast umdisponiert."

„Geh bitte, du bist de Nummer eins, dabei bleibts."

Gerald L. bezahlte eine halbe Stunde die Rechnung der beiden, küsste sie flüchtig aber intensiv auf ihre roten Lippen und verließ dann das Café Landtmann. Er war nur wenige Schritte weitergekommen, als die Kugel in sein linkes Auge eintrat, auf dem Weg sein Gehirn zerfetzte und einen Teil des hinteren Schädelknochens beim Austritt mit sich riss. Kurz verweilte er noch schwerelos in seiner Bewegung, um aber gleich darauf wuchtig auf dem Asphalt aufzuschlagen.

*

„So Kollegen, können wir schon anschließen, oder wiss ma immer no ned wers war?"

„Najo, nach der Durchsuchung des Swingerclubs und nachdem die Kollegen die Festplatten die wir sicherstellen konnten, durchforstet haben, war es eigentlich relativ klar, dass es da Verbindungen zwischen allen drei Opfern gegeben hat. Ich mein, es war schon äußerst auffällig, dass dieser L. auch zu einem der Opfer geworden ist. Eine Woche vorher vernehmen wir ihn noch in der Sache Vera K., kurz darauf ist er selbst tot. Im Endeffekt können wir aber davon ausgehen, zumindest mit dem Wissensstand von jetzt, dass er uns zumindest nicht alles gesagt hat, was er wusste."

„Was hat er uns denn alles verschwiegen?"

„Dass er im Club, und das ist noch nicht klar ob auf Wunsch oder auf eigene Faust, die Kameras mitlaufen hat lassen. Es gibt hunderte einschlägige Aufzeichnungen auf den Festplatten."

„Sehr fein, was ist darauf zu sehen?"

„Naja, das was zu erwarten ist, jeder mit jedem, eine mit allen-„

„Wie bei den Musketieren-„

„Eher ned, da wars doch einer für alle und alle für einen."

„Ist doch eh das gleiche."

„Naja, ned wirklich."

„Egal, erzählens weiter, Kroboth."

„Also, wie gesagt, die Kollegen haben die Festplatten durchkämmt und haben natürlich nicht nur die K., sondern auch die M. auf den Aufzeichnungen erkannt."

„Das könnens laut sagen. Das ist nämlich die Verbindung."

„Aber ist die ned eh-„

„Ja, aber das is ja kein Hindernis."

„Offensichtlich."

„Wir haben natürlich ihren Lebensgefährten damit konfrontiert, der ist echt aus allen Wolken gefallen. Er hat zwar zugegeben, dass sie, und das vor der Geburt ihrer gemeinsamen Tochter, schon einmal in dem Swingerclub waren, das ist damals aber eher nach hinten losgegangen."

„Aha, wieso?"

„Najo, er war da sehr offen, zumindest augenscheinlich. Er hat uns erzählt, dass es damals eigentlich seine Idee gewesen ist, einmal in einen Swingerclub zu gehen. Dass andere dann aber bei seiner Freundin, sagen wir mal dezent, landen wollten, das war dann doch eher nichts für ihn,

Kemmer ermittelt...
Coram publico

und so is es bei diesem einen Besuch für beide geblieben."

„Sie hat des offensichtlich anders gesehen."

„Sie ist erst in diesem Jahr wieder hin."

„Hat sie sich erinnert an die Idee vom Habschi. Naja, ned schlecht."

„Offensichtlich."

„Und weiter?"

„Das ist ja die Frage. Was hat das alles miteinander zu tun?"

„Das gilt es herauszufinden. Was derzeit passiert ist Folgendes; die Kollegen schaun bei den Clips, in denen die Opfer zu erkennen sind, wer da noch zu sehen ist und ob es da irgendein Muster, irgendwas auffälliges gibt."

„Und, gibt's was?"

„Naja, sie sind dabei."

„Dass wir noch einmal in so einer Swinger-Gschicht ermitteln müssen, wann war sowas modern, Anfang der Neunziger-„

„Die Frage ist doch", unterbrach Pospicil,"warum wir drei Leichen haben. Die Puderei is schön und gut, aber warum daschiaßt jemand drei Leute ausm Swingerclub und das auf offener Straße, das müss ma uns fragen."

„Ja klar, wir wissen es aber auch noch nicht ganz genau. Auf jeden Fall vernehmen wir als nächstes die Freundin von diesem L."

„Fixe Freundin?"

„Wahrscheinlich, aber da wissen wir noch nichts genaues, das wird sich erst weisen."

„Naja, wenigstens gibt's ein paar Spuren, aber ich bin mir ziemlich sicher, dass wir die Gschicht bald abschließen können."

„Wieso das?"

„Ich spür das, des is immer so, wenns in die Zielgerade geht, dann hab i so a Gspür, das ziagt direkt im Magen."

„Das is ihr Magenband, Kroboth!"

„Blödsinn, ich hab kein Magen-band. Wie kommens denn auf sowas?"

„A dann war des a anderer."

„Der Malits hat eins ghabt."

„Der Malits, jajaja, der hat sich eins machen lassen. Najo, hat ihm auch nichts mehr gholfen. Herzinfarkt mit 43 beim Stiegen-steigen."

„Warum fahrt er ned mitn Aufzug?"

„Der is an dem Tag defekt gwesn, a Jammer."

„Na gut, ich glaub, wir alle wissen was zu tun ist." Pospicil erhob sich, warf wie gewohnt seine Zigarette in den Kaffeebecher und verließ den Raum. Kroboth und Dornbisch sahen ihm nach. Nun gut, die Kollegen waren mit den Videos beschäftigt, wenn die Ausgewertet waren, ging es an die Vernehmung der Freundin von L.

Kemmer ermittelt...

Coram publico

Kroboth nahm Pospicils Kaffeebecher und warf ihn in den Mistkübel in der Ecke neben der Türe. Dornbisch löschte das Licht und zog die Tür hinter sich zu.

*

„I hab ihna ja von der Lehrerin erzöht, die mei Frau kennt hat, die was am Kahlenberg daschossen haben."

„Ja, ich kann mich erinnern, ein VHS-Kurs war das."

„Jo, wars. Na hams des glesn, was da aussakumman is, a Wahnsinn, i hät ma des nie dacht."

„Naja, wir wissen viel nicht, was in unseren Mitmenschen so vorgeht. Man kann ja in niemand reinschauen."

Kemmer ermittelt...
Coram publico

„Glaubens? A Pathologe tat ihna was anderes sogn."

„Da habens recht."

„Dass des a eifersüchtige Frau gwesn is, die mitm Gwehr vom Schwiegervatern die alle daschossn hat. Arg!"

„Die Täterin hat die Opfer dafür verantwortlich gemacht, dass ihr Mann sie verlassen hat."

„Nur weil er in den Puff gangen ist?"

„Swingerclub, Herr Tarp."

„Ja eh, is ollas ans, zum Pudern halt."

„Genau, sie waren immer wieder gemeinsam dort, da dürfte auch alles gepasst haben, nur mit der Zeit halt, da hat sich das anscheinend verändert. Er is dann auch öfters alleine dort gewesen und angeblich, hat er sich auch noch mit der Iris M. getroffen."

„Na eh, die hat ja Zeit ghabt, die war ja daheim. Ihr Mann war hackeln und sie hat si zu Hause verwöhnen lassen."

„Naja, das wollen wir nicht beurteilen, Herr Tarp, des geht uns nix an."

„Geht's uns wirklich nix an, Herr Kemmer? Weil ganz unter uns, das steht in der Zeitung, des beschäftigt uns, wir werden damit täglich bombardiert, wir müssen uns damit beschäftigen, des geht gar ned anders. Also gehts uns dann scho was an."

„Des is philosophisch, Herr Tarp. Da kann i nix sagen."

„Wurscht, dass i a Philosoph bin, das weiß ich eh. Aber jetzt no amoi zu dera Gschicht; die daschiaßt die drei Typen, weil ihr Mann auch an anderen Interesse gefunden hat, warum geht die mit dem in so an Swingerpuff?"

„Swingerclub, Herr Tarp."

„Sag i ja."

„Keine Ahnung, Neugierde vielleicht, das Privatleben ein bissl aufpeppen; keine Ahnung."

„Na guad, aber dann passts ihr a wieder ned."

„Vielleicht hat sie nicht abschätzen können, worauf sie sich einlässt?"

„A typisch menschliche Gschicht, bevor is kenn, will ich haben, wenn is hab, hätt ichs lieber doch ned wollen sollen."

„Wieder sehr philosophisch."

„Aber wahr, Herr Inspektor. So vü Sochn, die ma wissen wü, und wenn mas dann waaß, denkt ma si, wär besser gwesn, wenn mas ned erfahren hat."

Kemmer stellte, nachdem er einen großen Schluck aus seinem Glas genommen hatte, dieses wieder auf den schon aufgeweichten Bierdeckel und blickte beim Fenster hinaus. Das Tageslicht hatte sich schon auf den Heimweg gemacht und die Straßenbeleuchtung musste dessen Aufgabe übernehmen und Fahrbahn und Gehweg erhellen.

„Wie so oft, Herr Tarp, habens ein weiteres Mal recht."

„Aber wissens was mir ned aus dem Kopf geht?"

„Was denn?"

Kemmer ermittelt...
Coram publico

„Warum san die olle relativ öffentlich umbracht worden?"

„Coram publico, sozusagen."

„Genau, vor Publikum."

„Das ist eine gute Frage, ich weiß es nicht. Ist ja eigentlich gefährlicher für die Täterin, wenn die Möglichkeit besteht, dass es Zeugen gibt, in diesem Fall, ja relativ viele."

„Und trotzdem hat niemand was gsehn, oder?"

„Ja, soweit ich weiß, gab es keine Hinweise durch Zeugen auf die Täterin. Niemand hat etwas beobachtet oder sonstiges."

„Vielleicht is des der Grund. Wenns fast zu viele Zeugen gibt, hat niemand was gsehn."

„Das glaub ich nicht. Da hätte schon der eine oder die andere was mitbekommen. Ich denke, da muss es an anderen Grund dafür geben, warum die Morde so abgelaufen sind."

„Es gibt immer einen Grund, Herr Inspektor."

„Manchmal ist einfach auch nur Zufall."

„Möglich. Möchte wirklich wissen, was in dera vorgegangen is. Na vielleicht stehts eh in der Zeitung, wenns an Prozess gibt oder so."

„Abwarten, Herr Tarp."

„Eh, Herr Inspektor!"

*

„Die Täterin hat sich quasi an die beiden ersten Opfer dranghängt und sie dann erschossen. Die M. ist ja sowieso immer wieder auf dem Spielplatz gwesn mit ihrer Tochter, wenns Wetter passt hat ja fast täglich. Das war ein Leichtes an die ranzukommen. Die K. ist am Wochenende immer unterwegs gwesn, da hat sie sich einfach dranghängt und halt auf die beste Gelegenheit gewartet."

„Aber wie hat die gwusst, dass der L. im Landtmann ist. Der ist doch recht früh, nachdem er die Nacht im Club verbracht hat, direkt ins Landtmann."

„Ja, ist er, aber das war geplant."

„Geplant?"

„Ja, die Lebensgefährtin vom L. hat das arrangiert."

„Zwei Täterinnen?"

„Eher eine Komplizin. Sie hat sich die Situation zu Nutze gemacht."

„Ja aber wie is die Verbindung entstanden?"

„Sie hat sie zufällig kontaktet, die andere ist ausgezuckt, weil Swingerclub großes Thema für sie, und die Lebensgefährtin vom L. hat sich gedacht, das nutz ich für mich und übernehm das Ding, wenn er aus dem Weg ist."

„Ned schlecht. Aber a ned sicher."

„Klar, auf emotional geleitete Täter kann man sich nicht verlassen, die handeln aus der Emotion heraus und ziehen durch, was sie erledigen müssen."

„Genau, und wie seids auf die kommen? Naja, die Videos letztendlich. Wer hat mit den Toten regelmäßig verkehrt, und das im wahrsten Sinne des Wortes. Der Rest war einfach. Einvernahme des Darstellers, der ist seit kurzem getrennt, Einvernahme der Ex, die bricht natürlich zusammen bei dem Thema. Beleuchtung des familiären Hintergrunds, der Schwiegervater ist also Jäger, was will man mehr?"

„Liegt also alles auf der Hand."

„Wenn man genau hinschaut, ja."

„Und warum hats den Ex ned einfach erschossen?"

„Naja, er steht ihr halt doch irgendwie nahe und wenn sie seine Betthaserl aus dem Weg räumt, dann kommt er vielleicht wieder auch bei ihr."

Kemmer ermittelt…
Coram publico

„Hat, glaub ich, noch nie funktioniert, die Strategie, wär mir kein Fall bekannt."

„Eh ned, aber an sowas denkt ma dabei ja ned."

Pospicil stand auf, warf wie üblich seinen Zigarettenstummel in den Kaffeebecher und blieb dann kurz vor der Türe stehen. „Was mich aber noch interessiert, meine Herren, warum immer so öffentlich, das versteh ich nicht."

„Damits alle sehen. Wie im Club, vor versammelter Menge halt."

„Najo, dann können wir den Akt auch schließen. Kroboth, entsorgens bitte meinen Kaffeebecher." Mit diesen Worten verließ Pospicil den Raum. Erwin Kroboth sah ihm nach und schüttelte den Kopf.

*

Kemmer ermittelt...

Coram publico

der Reif in den Parks und auf den Bäumen und die Ruhe vor dem Sturm, vor den Weihnachtsmärkten und deren alkoholgeschwängerter Luft.

Kemmer blies den Rauch in die kalte Abendluft. Es war spürbar Herbst geworden. Die letzten Tage, die für diese Jahreszeit viel zu warm gewesen waren, gehörten der Vergangenheit an. Jetzt stimmten die Temperaturen auch mit dem Kalender überein. Der November konnte kommen und mit ihm der Nebel am Morgen,

ENDE

Erwarten Sie gespannt den nächsten Band der Erfolgsserie

Kemmer ermittelt...

Mord in der Tanzschule

„Im Sommer hab i vü öfters an Steifen, Herr Inspektor." Der Unterstandslose Josef Hirtal hält keinerlei Information zurück. Was hat es mit dem Toten am Friedhof der Namenlosen auf sich, den Josef Hirtal findet? Und wieso liegt, nicht einmal eine Woche später, eine weitere Leiche auf einem Friedhof in Simmering? Albin Kemmer stellt sich diesen Fragen, doch möchte er deren Antwort wirklich wissen?

Lesen Sie auch SIMMERING. Albin Kemmers letzte Tage im 11. Wiener Gemeindebezirk.

Taschenbuch, 2015. 156 Seiten. 9,50 € ISBN: 978-3738651669. Erhältlich im Fachhandel.

Kemmer ermittelt...

Schönheit muss leiden

Kemmer ermittelt...

Mord im Tunnel ?

Kemmer ermittelt...

Mord im Mezzanin

Kemmer ermittelt...

Geschlossene Gesellschaft

Kemmer ermittelt...

Kammerflimmern

Kemmer ermittelt...

Kemmer ermittelt...

Kemmer ermittelt...

Auf der Sonnseiten Weh

Kemmer ermittelt...

Der Abzerter

Kemmer ermittelt...

Stich im Kammin

Kurarzt Dr. Hoffmann

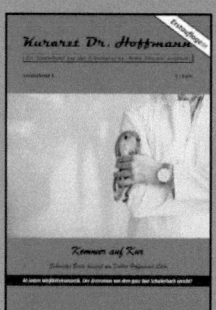

Kemmer auf Kur

Bergkristall

Keusche Bergluft auf der Alm

Kemmer ermittelt...

Die unspektakulären Erlebnisse des Rayoninspektors Albin Kemmer

Band 12   **3.- Euro**

Mord in der Tanzschule

hier stirbt man im ¾ Takt

36 Seiten Spannung!   *Der Kriminalroman von dem ganz Wien spricht!*

Leserpost

Früher hab ich mich geniert, wenn ich mr das neue ÖKM aus der Trafik geholt habe. Jetzt habe ich Kemmer, somit sieht man mich noch schiefer an. *Herber K., Wohnort k.A.*

Welch Verschendung! *Marianne B., Bruck/Mur*

Ich bin langjähriger Sammler von Heftromanen, ein großer Vorteil, wenn man bedenkt, dass ich sie gar nicht lesen muss. *Karl G., Wieden*

Wenn man nichts Positives zu sagen hat, dann soll man schweigen. *Josef., Grinzing*

Wir leben in einer Zeit, in welcher jeder Analphet ein Buch schreiben kann; der beste Beweis hierfür sind die Kemmerromane. Legen sie sih doch endlich ein Rechtschreibprogramm zu. *Dr. Becker, Wien 23*

Diese Romane sind ein fixer Bestandteil meines Alltags. *Gery, MA48*

Nachdem ich die erste Ausgabe als Geschenk erhalten habe, bin ich richtig süchtig nach diesen Geschichten. Ich werde jetzt in Therapie gehen, damit ich endlich davon loskomme. *Ute, Leopoldau*

Schreiben Sie uns! Wir drucken Ihre Korrespondenz ohne Änderungen ab!
Leserpost an: kemmer@girmindl.at

www.girmindl.at

Kemmer ermittelt

Mord in der Tanzschule

Der interessierte Mensch von heute, der ja von allem ein bisschen kann, nichts aber wirklich, findet – über kurz oder lang – auch einmal den Weg in eine Tanzschule. Oftmals auch in Begleitung einer potentiellen Partnerschaft. Um es einfach und schlicht zu halten, einigen wir uns hier darauf, ein Pärchen klassischer Struktur tanzen zu lassen, einen He und eine She, die sich über kurz oder lange vermählen werden oder, wir wünschen es ihnen nicht, wieder getrennter Wege gehen. Die erste Stunde, die beiden haben ein flexibles Abo gebucht – sie haben keine fixen Verpflichtungen, können kommen und tanzen wann sie wollen, in Tagen wie diesen eine Voraussetzung um alles unter einen Hut zu bringen – und stehen nun schon seit geraumer Zeit und im wahrsten Sinne des Wortes, mit dem jeweiligen Rücken zur Wand und beobachten so, die übrigen Teilnehmer der illustren Runde. Der Herr Lehrer, ein Jungspund, rank sowie schlank, in die passende Tanzkluft ge-

Kemmer ermittelt...
Mord in der Tanzschule

packt, mit einem breiten Grinsen, welches alle Zähne in hellem Weiß aufblitzen lässt, seine ebenso junge und ebenfalls schlanke Tanzpartnerin über das Parket wirbeln. Nachdem die letzten Töne des Stückes verklungen und die Bewegungen der beiden ihr Ende gefunden haben, applaudieren die Eleven und heften erwartungsvoll ihre Blicke auf die beiden Vortragenden. „So, meine Lieben, nach diesem Discofox mit Abba, werden wir uns nun etwas klassischen annähern. Die Beatrix und ich zeigens kurz vor, einen kleinen, feinen und einfachen Walzer.“

Beatrix lässt sich führen und effektiv herumwirbeln, die Tanzschüler sehen ihr mit erkennbarem Respekt nach, die meisten wären auch gerne schon soweit – oder aber auch noch so jung. Wobei, hier gibt es alterstechnisch ganz klar keine Gruppe, die in der Überzahl ist. Das Publikum ist bunt gemischt, von kurz vor der Matura bis zu dem Alter, in welchem der Pensionsantritt selbst schon fast vergessen ist. Dazwischen gibt es jegliches Potential, das sich nun im Dreivierteltakt, mehr oder weniger sicher, über das Parkett bewegt. Und glauben sie mir, so ein Walzer ist kein verstaubter Gesellschaftstanz des vorletzten Jahrhunderts, der funktioniert selbst bei Ed Sheerans *Perfect* perfekt. Gesetztere Semester drehen sich zu We are the champions von Queen und die Puristen, legen sich einen Strauß auf den Plattenteller. Kemmer, der sich nun mit einer Abendbekanntschaft auf das Unterfangen, zumindest ein paar wenige Schritte drehen zu können einlässt, steht seinem Vorhaben immer noch ein wenig skeptisch gegenüber. Andererseits war er sich bewusst geworden, dass wenn er es jetzt nicht angehen würde, er wohl bei jeder, wenn auch äußerst seltenen Gelegenheit, dankend ablehnen musste, sich der öffentlichen Bewegung auf einer Tanzfläche zu ergeben. So manch andere Option für einen Abendausklang war ihm so entgangen und das wollte er, auch in Hinblick dessen, dass er nicht jünger werden würde und somit auch die Chancen, welche sich noch ergeben sollten, nicht allzu viele sein würden, nicht mehr einfach so hinnehmen. Also buchte er online einen Zehner-block im Anfängerkurs und befand sich heute, zum bereits dritten Mal in jener illustren Runde, heute mit Schwerpunkt Discofox und Walzer. Es lag wahrscheinlich an seinem geschulten Beamtenauge, dass er gar nicht anders konnte und nicht umhin kam, die anderen Teilnehmer des Kurses zumindest ein wenig zu mustern und zu taxieren. Es gab die Unbeholfenen, bei denen man befürchten musste, dass der Kursbeitrag eine Fehlinvestition ist, aber auch das ältere Paar, dem man bei jeder Bewegung ansah, dass sie wohl jede Gelegenheit nutzten, um sich zu bewegen und das, offensichtlich am Häufigsten auf der Tanzfläche. Es gab die Eleganten und die Legeren und dann jene, die wie Kemmer, in Alltagskleidung versuchten, sich die wenigen und einfachen Schrit-te zu merken um nicht, als voll-kommen unbegabt zu gelten,   das Paar der Tanzlehrkräfte hatte auch seine Argusaugen immer in Bewegung. Kemmer ließ von seiner Tanz-

Kemmer ermittelt...
Mord in der Tanzschule

partnerin ab und machte sich auf, in Richtung Bar. Jede Stunde seines Zehnerblocks erlaubte ihm, ein Getränk auf Kosten des Hauses zu konsumieren. Ein erfreulicher Nebeneffekt, der es ihm, möglicherweise auch nur unbewusst, erleichtert hatte, den Entschluss zu treffen, sich doch noch mit dem Thema Tanz zu beschäftigen. Und das war die einzige Motivation, die ihn hierher gebracht hatte. Er war definitiv nicht auf der Suche nach der Liebe seines Lebens, geschweige denn für eine Nacht.

*

Die erste Leiche, der noch mehrere folgen würden, fand man am Dienstag gegen 19 Uhr, im Stiegenhaus der Tanzschule. Das Gratisblatt berichtete umgehend und reißerisch: *Es handelt sich bei der*

Kemmer ermittelt...
Mord in der Tanzschule

Toten, um die 17-jährige Anita W., deren Schädel mit einem stumpfen Gegenstand eingeschlagen wurde und in Folge, wurden der Toten beide Beine gebrochen. Der oder die Täterin hatte sich danach die Mühe gemacht, die Tote einen Halb-stock hochzuschleppen, um sie dann über die Stiegen stürzen zu lassen. Ob damit die tödlichen Schläge vertuscht werden sollten, oder ob es nur ein weiterer sinnloser Gewaltakt war, würde im Laufe der Ermittlungen noch zu klären sein, erklärt der Pressesprecher der Polizei. Anita W besuchte regelmäßig die Trainingseinheiten, welche ihr kostenfrei zur Verfügung standen, da sie ja auch, neben ihrem Studium, als Juniortanzlehrerin in der Tanzschule tätig war. Der verabscheuungswürdige Mord steckt den Bewohnern un Bewohnerinnen, sowie dem Personal der Tanzuschle noch immer tief in den Knochen.

Maria G., Hausbesorgerin gegenüber sagt: „das war sicher ein Islamist, die wollen ja ned, dass die Madln tanzen." Die Ermittlungen laufen.

„... die Ermittlungen laufen, na hoffentlichen könnens as einfangen."

„Sie haben einen Humor, Herr Tarp!"

„Wir sind schon die längste Zeit bei Josef!"

„Ja eh, Herr Josef."

„Und, wissens schon was, wer der Täter ist, oder warum das junge Madl umbracht worden ist?"

„Ich weiß gar nix, Herr T- Josef. Sie fragen mich das immer wieder, aber ich hab mit solchen Fällen nichts zu tun, ich bin nicht bei der Gruppe Mord."

„Jaja, is scho guat, Herr Inspektor, aber es ist doch ein wirklich komischer Zufall, dass sie justament in der Tanzschule, ihr Tanzbein schwingen."

„Sie sagen es, Herr Josef, es ist ein Zufall und ned mehr, ich kann das ja nicht im Vorhinein wissen, dass dort ein Mord passiert."

„Eh ned, außer sie san der Mörder-„ Tarp verschluckt sich an seinem Bier, weil er vom Lacheln so gebeutelt ist, er freut sich über den Witz, den er gerade zufällig gerissen hat, dann beginnt er zu husten, fängt sich aber gleich wieder."

„Na, sie sind aber heute gefährlich unterwegs."

„A wos, sie leben gefährlich, hams ka Angst, dass ihna wer im Stiegenhaus mit die Steppschuach derschlogt?"

„Ehrlich gesagt: nein!"

„Aber das ist schon eine komische Gschicht, oder, zesrt erschlagen und dann auch noch die Haxn brochen, das ist doch ned normal."

„Mod ist nie normal, Herr Josef, aber sie ham recht, so etwas macht ein Mörder eigentlich nicht. Entweder möchte er ein Zeichen setzen, vielleicht ist das auch eine Botschaft, oder es ist so etwas wie Rache. Genau sagen, kann man das natürlich erst, wenn man den Täter in Gewahrsam hat."

„Oder die Täterin."

„Oder die Täterin, sie sagen es, Herr Tarp. In der Regel aber sinds Männer. Und wenn man sich den Tathergang so anschaut, ghört zumindest a bissl a Kraft auch dazu."

„Jaja. Aber jetzt wo sie durtn a Tanzn gehen, da wird der Mörder ned lang frei herumrennen."

„Herr Josef, ganz richtig, die Polzei wird sich da schon drum kümmern, ich bin vor Ort, damit ein paar Schritte lernen kann. Wissens, wenn ich wo eingladen, auf einer Hochzeit zum Beispiel, dann steh ich blöd in der Gegend herum und kann nur zuaschauen, das ist ja kein Zustand, und in meinem Alter, da wird's schön langsam Zeit was zu machen, sonst passiert das ja nie. Deswegen geh ich dort hin. Das wars aber auch schon wieder. Und nur weil dort zufällig eine Leiche gefunden wurde, hat das noch lange nix mit mir zu tun. Ich bin einmal in der

Kemmer ermittelt...
Mord in der Tanzschule

Woche dort, wenn es sich mit meinem Dienst vereinbaren lässt. Mehr is ned."

„Aber sie haben schon Morde aufgeklärt!"

„Zufälligerweise, da bin ich höchsten hineingeschlittert, beruf-lich nicht."

„Na wie auch immer. Schön dass tanzen tun, das schad ned. Wie mei Frau und i no jung waren, na sie hätten uns sehn miassn. Jeden Freitag unterwegs, Gesellschafts-tanz, die ganzen alten Schlager, das war a Zeit. Und a Hetz war des, nicht zu vergleichen mit heu-te. Mei Oide is den ganzen Tag daham und hängt am Telefon. Guad, sie geht einkaufen, kocht und woscht, eh perfekt, aber wenn i kann, dann bin i weg, die kann den ganzen Tag reden. Und meis-tens reds über Sachen, von de-nens ka Ahnung hat."

„Das fällt aber nur ihnen als Ex-perte auf, oder?"

„Was meinens damit?"

„Ach nix. Ich weiß, dass sie ihr Frau sehr gern haben, das ist alles, sie motschgern halt gern, aber wer tut das nicht, vor allem wenn er schon so lange mit jemandem verheiratet ist."

„Dazu kann i nix sagen, da bestell ich mir lieber noch ein Bier. Da muss ich nachdenken."

„Tuns das, Herr Josef, ich muss jetzt ohnedies wieder weiter."

„Hams Dienst?"

„Nein, ich bin ja vom Dienst ge-kommen; da tät ich mich doch nicht hersetzen und Bier trinken, wenn ich noch Dienst hätte." Kemmer lachte und winkte der Kellnerin. Er rundete auf den übernächsten Euro auf und über-reichte ihr das Geld. Dann nahm er den letzten Schluck aus seinem Glas, stellte es wieder ab und stand auf. Der Kies knirschte un-ter seinen Schuhen, es herrschte angenehmes Frühlings-wetter. Die letzten beiden Wochen waren kalt und regnerisch gewesen, doch jetzt behauptete die Sonne sich gegen die Wolken und der Frühling hielt Einzug in Wien. In drei Tagen wäre er wieder in der Neubaugasse bei Discofox und einfachem Walzer. Natürlich würde er die Augen offen halten, was sollte er sonst tun als Polizeibeamter, da konnte er ja gar nicht anders. Und natürlich interessierte ihn die ganze Geschichte, wer brach jemandem absichtlich beide Beine, nachdem er sie ohnehin schon erschlagen hatte. Oder war es gar kein Mord gewesen, war die Tötung nicht beabsichtigt gewesen? Was konnte man schon wissen, was in solch einem Gehirn vor sich ging? Kemmer versuchte auf andere Gedanken zu kommen. Er wollte sich heute über solche Dinge nicht den Kopf zerbrechen, dafür war der Tag zu schön und abgesehen davon, hatte er ja frei.

*

Ilona Polpovic öffnete die Tür des kleinen Büros, durchquerte den Raum und öffnete erst einmal das Fenster. Dann stellte sie ihre Tasche ab und schaltete den Computer ein. Es war kurz nach acht Uhr an diesem Freitagmorgen, dem ersten Freitag des Monats. An

Kemmer ermittelt…
Mord in der Tanzschule

diesem Tag erledigte sie immer die Buchhaltung. Sie tat das so, seitdem sie die Tanzschule Anfang der 1980er Jahre gegründet hatte. Bei der Eröffnung war sie mit ihrem Mann und einer weiteren Hilfskraft alleine gewesen, mittlerweile hatte sie zehn Angestellte und da zählte sie ihre Reinigungskraft nicht dazu. Es war anfangs nicht einfach gewesen, sich gegen die große Konkurrenz durchzusetzen. Damals hatte es noch um einiges mehr Tanzschulen in Wien gegeben, mittlerweile waren es weniger geworden. In den letzten Jahren war es zudem auch nicht einfacher geworden. Das Internet hatte das seinige dazugetan, auf Youtube konnte der Durchschnittswiener jeden beliebigen Tanz erlernen – natürlich ersetzte das keinen klassischen Tanzkurs, keine Aufmerksamkeit des Tanzlehrers und auch nicht den zwischenmenschlichen Service, den Ilona Polpovic von

Kemmer ermittelt...
Mord in der Tanzschule

Anfang an geboten hatte – und die Coronazeit hatte die ohnehin nicht allzu üppigen Rücklagen aufgefressen; die staatlichen Hilfsmittel waren da letztendlich auch nur ein Tropfen auf den heißen Stein gewesen. Es war ohnehin schon an der Zeit das Staffelholz weiterzureichen und wenn sich niemand fand, dann würde sie einfach schließen. Diese Saison noch, jetzt standen ohnehin die Tanzmeisterschaften vor der Tür, da hatten solche Überlegungen keinen Platz, aber über den Sommer, da würde sie sich Gedanken machen, wann sie endlich in den wohlverdienten Ruhestand gehen würde. Andrerseits, was würde sie dann tun? Ihr Mann war vor drei Jahren verstorben, die Schule war ihre einzige Erinnerung an ihn gewesen und auch ihre letzte verbliebene Aufgabe. Kinder hatten sie keine gehabt, wann denn, wo sie hätten sie für Kinder schon Zeit abzwicken können. Und mit einer Schwangerschaft zu den Meisterschaften, das wäre nie gut gegangen. Ilona Polpovic holte sich den Ordner mit den Rechnungen von Regal, klappte ihn auf und begann damit, Beleg für Beleg in eine Excel-Tabelle einzutragen. Sie tat viele dieser administrativen Dinge selbst, anfangs weil sie keine finanziellen Mittel gehabt hatten, noch jemand zu bezahlen und jetzt, weil sie es immer schon gemacht hatte. Ihr Nachfolger konnte sich ja gerne eine Bürokraft halten, für sie selbst zahlte es sich nicht mehr aus.

*

Die Tanzfläche war zur Hälfte gefüllt, Kemmer selbst stand an der Bar, ein Glas mit Gin-Tonic in der Hand und beobachtete, die sich mehr oder weniger rhythmisch, im Takt Drehenden. Er konnte an der Stimmung hier nicht erkennen, dass die Tote der letzten Woche irgendeine Auswirkung auf das Tanzvergnü-gen der hier Anwesenden gehabt hätte. Beatrix ließ sich heute von jemand anderem übers Parkett wirbeln. Sein Namensschild teilt Kemmer mit, dass es sich hier um einen Alex handelte.

„Sind sie zum ersten Mal hier?" Kemmer drehte sich zur Seite und wußte nicht so recht, was er sagen sollte. Die Dame neben ihm, keine vierzig, lächelte ihn an. „Na, stumm?"

„Nein, also nein, nicht stumm und nein, nicht zum ersten Mal hier. Das zweite Mal - und sie?"

„Erstes Mal."

„Aha."

„Ich bin die Elke, wie heißen sie?"

„Albin, Albin Kemmer."

„Super, jetzt wo wir wissen, wie wir heißen, können wir ja gleich beim Du bleiben und zum Einstand ein paar Runden auf dem Parkett drehen, was hältst du davon?"

Kemmer hatte es die Sprache verschlagen. Er hielt sich erst einmal an seinem Gin-Tonic fest, bemerkte dann aber recht schnell, dass er etwas sagen musste, um nicht als eigenartig abgestempelt zu sein. Er nickte kurz, erinnerte sich wieder an sein Glas, leerte es in einem Zug und stellte es dann

auf die Bar. „Gerne, tun wir das, aber ich muss sie-,"

„Wir waren schon beim Du!"

„Genau, ich muss dich warnen, ich kanns nicht wirklich."

„Naja, deswegen sind wir ja hier, oder? Und ich hab das letzte Mal mit meinem Mann getanzt, bevor er mich mit seiner Kollegin betrogen hat. Das ist auch schon ein paar Jährchen her. Ich bin seit gut zehn Jahren geschieden."

„Aha", erwiderte Kemmer. Er ließ sich auf die Tanzfläche ziehen und fügte sich so. Dass er ein wenig nervös war, lag wohl an Elke. Nervosität war beim Tanzen an sich aber eher ein Hemmnis und so trat er seiner durchaus attraktiven Tanzpartnerin nicht nur einmal auf die Füße. Die ließ sich aber davon nichts anmerken.

„Was treibt dich eigentlich hierher?"

Kemmer ermittelt...
Mord in der Tanzschule

„Ich hab mir gedacht, wenn ichs jetzt nicht lerne, dann wohl nie."

„Deine Freundin hat dich also geschickt", sagt Elke mit einem Lachen.

„Nein, keine Freundin, wenn du das wissen wolltest."

„Schlau, schlau, der Herr. Ich bin hier, weil ich endlich wieder Tanzen möchte. Wie gesagt, ich hab das früher mit meinem Exmann regelmäßig getan. Wir waren jedes Wochenende irgendwo unterwegs, dann hat sich das alles verloren und jetzt will ichs wieder wissen. Ein bissl auffrischen hier, man verlernts ja angeblich nicht, ist wie Radfahren."

„Dann solltest du dir vielleicht einen nicht so ungeübten Tanzpartner suchen, ich bin wirklich sowas von am Anfang erst."

„Nein, nein, das passt schon so, du wirst sehen, das hast du im nu drauf. Und mir geht's ja nicht nur um die Schritte, da gehört schon auch ein bissl Sympathie dazu, ich will doch nicht, dass mich irgendein Ungustl da durch die Gegend dreht."

„Danke."

„Wofür?"

„Na, dass ich kein Ungustl bin."

Ihr Lachen hatte etwas, das Kemmer schon lange vermisst hatte. Immer wenn sich ihre Blicke trafen, sah er gleich wieder weg, was weiteres Lachen von Elke zur Folge hatte. Er wollte sich nicht durchschauen lassen und war längst durchschaut.

„So, gehen wir an die Bar ein wenig verschaufen. Außerdem haben wir ja ein Freigetränk pro Stunde. Obwohl, du hast ja deins wohl schon hinter dich gebracht."

„Ich kann mir schon eines leisten."

„Sehr gut, beim ersten Date hätte ich dich sicher nicht eingeladen, so schnell lass ich nichts springen." Wieder lachte sie.

„Was machst du eigentlich beruflich?"

„Polizist."

„Hui, da muss ich mich aber benehmen."

„Bisher hast du dich ganz gut verhalten."

„Na da bin ich aber beruhigt, ich bin eine ganz simple Krankenschwester."

„Kann vorkommen."

„Eben, also, auf uns!"

Kemmer war immer noch unsicher, aber auch froh, dass er sich wenigstens wieder am Glas anhalten konnte. Er nippte und hörte einfach nur zu, was Elke zu erzählen hatte. Sie war ihm eine Spur zu aufgeweckt, andererseits, welchen Vergleich hatte er denn schon? Die wenigen Bekanntschaften, die er in den letzten Jahren gehabt hatte, waren wohl nicht wirklich Referenzen, die er nun als Vergleich heranziehen konnte. Die Stunde war zu Ende. Die Anwesenden beklatschten sich gegenseitig und verließen die Tanzfläche in Richtung Garderobe.

„Wir sehen uns am Dienstag wieder, oder?", sagte Elke.

„Nächsten Dienstag?"

„Natürlich, was denn sonst-„

Kemmer ermittelt...
Mord in der Tanzschule

„Ich weiß nicht-„

„Aber ich, ganz bestimmt. Nächsten Dienstag zur nächsten flexiblen Stunde, ich erwarte dich hier und danach gehen wir noch auf einen Absacker, also, verplan dir den Abend nicht, du bist schon verplant!"

Kemmer konnte nur noch nicken. Elke war, so plötzlich wie sie aufgetaucht war, durch den Eingang auch schon wieder verschwunden. Den Schrei, der offensichtlich aus der Garderobe kam, hörte sie wahrscheinlich gar nicht mehr.

*

Die Tote Tänzerin wurde in einem Nebenraum der Tanzschule erwürgt aufgefunden. Die Tür zu dem Raum, der direkt an die Garderobe angrenzt, stand einen Spalt breit offen und so konnte

Kemmer ermittelt...

Mord in der Tanzschule

eine Besucherin einen kurzen Blick auf den schaurigen Fund werfen. Beatrix N. war mit ihrer eigenen Strumpfhose erdrosselt worden. „Es war ein entsetzliches Bild, das sich mir geboten hat, schlimmer als im Fernsehen", schildert uns Hanna M. sichtlich vom Schock gezeichnet, das Auffinden der Toten. Die ermittelnden Behörd-en tappen ob der beiden Fälle völlig im Dunkeln. „Es gibt keinerlei Hinweise, dass die beiden Straftaten zusammenhäng-en", erklärt Major Elstner. Insiderinformationen aus dem Innenministerien, die an uns herangetragen wurden, bestätigen aber sehr wohl einen Ermittlungsstrang in eine solche Richtung. Darauf angesprochen sagt Elstner nur knapp: „Wir ermitteln in alle Richtungen." Welche Informationen möchte die Polizei dem Bürger verheimlichen? Wir bleiben dran und halten sie am Laufenden.

„Ist das nicht die Tanzschule, in die du gehst?"

„Ja, so is es, aber ich wars ned."

Gelächter. Kemmer saß an seinem Schreibtisch und gab die Daten von Falschparkern in den Computer ein. Seitdem Österreich nicht nur ein Land war, sondern auch eine sogenannte Tageszeitung und die ebenso einen Newskanal betrieb, war es kein Wunder, dass es stetig bergab ging. Der Mensch hatte es gerne einfach, serviert in kleinen Happen und nach Möglichkeit reißerisch und übertrieben. Die Wahrheit war oftmals zu einfach und das Blut in den meisten Fällen nicht rot genug, somit musste die Wahrheit gepimpt und das Blut gefärbt werden.

„Und du bist auch noch vor Ort, wenn ein Mord geschieht; na Gott sei Dank ist das nicht durchgesickert, sonst würde die Schlagzeile anders lauten."

„Ja eh, aber dreh den Schmarren ab, die haben ja ohnehin keine Ahnung, die spekulieren ja nur."

„Die schreiben was sie wollen, das ist schon klar, aber dass die Morde zusammenhängen müssen, das liegt ja auf der Hand."

„Das ist noch nicht sicher, aber natürlich ist das naheliegend. Und was soll sich der Durchschnittsbürger sonst denken? Egal, aber schön langsam sollte man die eine oder andere Spur schon haben, weil zwei Tote sind genug, würde ich sagen."

Früher hatte man noch einen Blick aus dem Fenster werfen können, irgendwann waren sie mit Folien beklebt worden und was einem heutzutage noch möglich war, war einen Blick auf den Bildschirm zu werfen, der das Bild der Überwachungskamera vor der Tür in neutralem Schwarzweiß übertrug. So hatten sich die Zeiten geändert. Kemmer erhob sich von seinem Platz und ging zur Kaffeemaschine. Warum man eigentlich immer und überall Kaffee trank - wie war es dazu gekommen? Kemmer verwarf den Gedanken wieder, jedes Mal wenn er solche Überlegungen in den Raum warf, konnte er in den Gesichtern seiner Kollegen nur Unverständnis lesen. Mit der gefüllten Tasse setzte er sich wieder an seinen Tisch und fuhr mit seiner Arbeit fort.

Kemmer ermittelt...
Mord in der Tanzschule

*

Als Kemmer um die Ecke bog, sah er Elke vor dem Eingang der Tanzschule stehen, sie schien auf ihn zu warten; nur woher wusste sie, dass er noch nicht oben war? Sie wusste es nicht. Die Tür war verschlossen und ein handgemaltes Schild klebte an der Eingangstür: „Geschlossen – bitte um Verständnis".

„Ich hab nur auf dich gewartet!", lächelte Elke Kemmer an, nachdem sie ihn um die Ecke kommen sehen hatte. „Na endlich, ich hab schon geglaubt, du kommst nicht mehr."

„Natürlich bin ich da, ich hab ja gesagt, dass ich komme."

„Jaja, immer pflichtbewusst. Aber hier wohl nicht so, es ist geschlossen."

„Ja, liegt wohl an den Morden"

Kemmer ermittelt...
Mord in der Tanzschule

„Das wird's wohl sein. Vermeidung weiterer Leichen."

„Möglich, oder keine Lust auf Schaulustige."

„Tja, und was ist jetzt mit uns beiden?"

Kemmer wurde kurz rot im Gesicht, bis er sich bewusst war, dass es Elke wohl gerade um die nicht stattfindende Tanzstunde ging. „Weiß nicht –„

„Na so wird das aber nie etwas, du musst schon ein wenig Initiative zeigen! Wir gehen jetzt was trinken. Das Wetter ist angenehm vorsommerlich, nicht zu heiß, aber auch nicht so, dass ich mir was überwerfen muss, also, auf in den nächsten Gastgarten!" Sie schnappte sich Kemmers Arm und hängte sich ein, sodass er keinerlei Wahl hatte. Er wehrte sich nicht. Die letzten Shoppingqueens und deren po-tenten Kostenträger waren noch unterwegs,

die üblichen Punks und Gammler, die Flanierer und all jene, die einfach nur am Heimweg waren und die Massen an Konsumenschen jeden Tag aufs Neue zu hassen lernten. Elke wählte ein kleines Bistro, ließ sich auf einen Zweisitzer-Ecktisch nieder und Kemmer pflanzte sich ihr gegenüber hin. Umgehend war der Kellner da.

„Mir bringens bitte einen Gspritzten mit einer Zitronen-scheibe, ob ich einen Hunger krieg, weiß ich noch nicht."

„Für mich bitte auch", fügt Kemmer der Bestellung hinzu. Kurz darauf standen die Gläser schon vor beiden auf dem Tisch und sie prosteten sich zu.

„Na alsdann, endlich alleine!" Elke zwinkerte Kemmer verschwörerisch zu. „Wie war dein Tag?"

„Unspektakulär."

„Was, keine Mörder, keine Bankräuber, nicht einmal eine Vergewaltigung?"

„Nein, tut mir leid, damit kann ich nicht dienen, eigentlich nie."

„Tzs, tzs, tzs, na da hab ich mir aber mehr vorgestellt-„

Kemmer bemerkte, wie ihm diese Antwort im Handumdrehen ein etwas flaues Gefühl bescherte. Elke nahm seinen Stimmungswandel umgehend wahr, boxte ihn in die Seite und lachte: „Scherz, mir ist das eh lieber, wenn du deinen Dienst überlebs.“

„Dann bin ich beruhigt, ich dachte schon, ich langweile dich.“

„Ach was, ich bin der Meinung, dass wir uns das Abenteuer schon selbst machen sollten, da hat mans wenigstens ein bissl unter Kontrolle, das ist beruhigender, find ich!“
„Ich bin mir nicht sicher, ob das überall so ist, die beiden Toten sind ja wohl doch eher eine Ausnahme.“

„Stimmt, aber arg, die eine ist ja umgebracht worden, während wir getanzt haben.“

„Sieht ganz danach aus.“

„Ich war echt total perplex, wie die Polizei vor meiner Tür gstanden ist.“

„Ja, die haben sicher geschaut, wer an diesem Abend in der Tanzschule war.“

„Genau, dann habens mich ausge„Ja, seh ich aus so. Und dein Tag, wie war der so?“

„Unspektakulär!“ Elke zwinkerte ihm zu und lachte. „Ich arbeite ja auch nicht in einer Tanzschule. Dort ist offensichtlich mehr los.“

fragt, aber ich weiß ja nix.“

„Reine Routine.“

„Das sagens im Fernsehen auch immer. Und dann sperrens dich eine halbe Stunde später doch ein.“

„Da würde ich mir an deiner Stelle aber keine Sorgen machen, du hast ja nix angestellt, oder?“

„Ich sag mal so: nicht, dass ich wüsste. Aber trotzdem war es ein ungutes Gefühl.“

„Kann ich verstehen, es ist ja nicht alltägliches, wenn die Polizei vor der Türe steht.“

Kemmer ermittelt...
Mord in der Tanzschule

„Genau, nachher war ich richtig durcheinander, da hätte ich dich gerne angerufen, aber ich ja deine Nummer nicht."

„Hm."

„Ich geb dir meine, dann kannst du mir deine auch geben."

Kemmer tippte sich die Ziffern von Elkes Nummer in sein Handy und rief sie an, sodass auch sie seine Nummer hatte. Innerlich freute er sich, versuchte aber, sich nichts anmerken zu lassen, was ihm aber den ganzen Abend über nicht gelingen sollte. Manchmal errötete er, antwortet Blödsinn oder war so perplex, dass er gar nichts herausbrachte. Elke bemerkte seine Unsicherheit auf Anhieb und fand sie sogar ein kleinwenig charmant. Er war Gott sei Dank kein Aufschneider, kein der protzte, keiner der große Reden schwang, dann aber, wenn es ums Beweisen ging, wieder zurückruderte. Es schien sich gut

anzulassen, war ihr Fazit, als sie sich mehrere Stunden später, jeder mit der ausführlichen Lebensgeschichte des anderen im Gepäck, wieder trennten. Gut, dass Ilona Polpovic beschlossen hatte, ihr Institut für diese Woche geschlossen zu halten.

*

Als Kemmer am nächsten Tag seinen Dienst antrat, war er so müde, wie schon lange nicht mehr. Auf der anderen Seite verspürte er ein nicht zu leugnendes Glücksgefühl. Elke hatte ihm, noch auf dem Heimweg, schon die erste sms geschickt. Kemmer war sich nicht sicher, ob er gleich, oder erst nach einer gewissen cool-down-phase antworten sollte. Lang hatte er es aber nicht ausgehalten und die Antwort letztendlich nach zwei Minuten abwarten in sein Telefon getippt; inklusive Zwinkersmiley als Abschluss. Dass das nicht die letzte Nachricht des Abends gewesen war, musste er beim Aufwachen mit zu viel Schlaf in den Augen feststellen. Andrerseits, was wäre die Alternative gewesen, das Eisen muss geschmiedet werden, wenn es heiß ist; und Kemmers Selbstvertrauen uferte diesbezüglich nicht allzu aus. Er hatte keine Geduld sich erst einmal rar zu machen. Das Fazit war, dass er nun müde war und nach Dienstschluss, also um neunzehn Uhr eine Verabredung mit Elke hatte, die erste offizielle. Verständlicherweise kreisten seine Gedanken, während er auf seinem Rundgang war, nur um das bevorstehende Ereignis, somit nahm er seine Umgebung auch nicht, wie vorgeschrieben wahr. Es war ein sonniger und ruhiger Maitag im zweiten Bezirk. Die Passanten auf der Taborstraße gingen ihren Einkaufen nach, schlenderten an den Schaufenstern der Geschäfte vorbei und bogen ins nächste Café oder holten sich ein Eis im dementsprechenden Salon. Kemmer überlegte kurz ob er sich eines gönnen sollte, entschied sich dann aber dagegen. Wie schnell

Kemmer ermittelt...
Mord in der Tanzschule

man plötzlich darauf achtet was man zu sich nimmt, dachte er still bei sich. Er musste nun wirklich nicht auf seine Linie achten, er war für sein Alter definitiv in keinerlei Risikozone unterwegs, dennoch beschäftigte ihn das Thema plötzlich und er überlegte, ob er nicht wieder einmal seine Laufschuhe hervorholen sollte, um eine kleine Orientierungs-runde zu drehen. Nur um zu überprüfen, ob er es eh noch draufhatte. Es würde bei der Idee bleiben, aber das wusste er in diesem Moment noch nicht.

*

Alex Billowic saß auf dem Rand seines Bettes und rauchte eine Zigarette. Der Job war ihm nicht so wichtig, er hatte zwar die letzten sieben Jahre bei der alten Polpovic verbracht, wusste aber, dass er

Kemmer ermittelt...
Mord in der Tanzschule

in einer der anderen Tanzschulen, aufgrund seines Könnens, hauptsächlich aber aufgrund seines Charmes wo unterkommen würde. Es würde nicht lange dauern und er hätte eine führende Rolle im Betrieb, da war er sich ganz sicher, darum ging es ihm aber nicht. Alexander Billowic hatte nicht deswegen Angst, er fürchtete um sein Leben. Der Mord an Beatrix und vor allem der Mord an Anna Walisch, beunruhigten ihn. Anna hatte man beide Beine gebrochen, das war kein Zufall gewesen, das war beabsichtigt. Und es war eine Warnung gewesen, für ihn war das von Anfang an völlig klar gewesen, eine Warnung an ihn und eine Warnung an Beatrix, die sie, beide wohl, in den Wind geschlagen hatten. Niemals hätte er gedacht, dass dieser eine Abend, solche Auswirkungen mit sich bringen würde. Natürlich hatten sie alle zu viel getrunken gehabt, es war ein ungezwungener Abend, möglicherweise hatten auch noch andere Drogen die Runde gemacht, jedenfalls hatte es als ein ausgelassener Abend begonnen. Unterschiedliche Konstellationen hatten sich immer wieder verzogen, waren dann - nicht mehr so überdreht wie davor – wieder aufgetaucht, sodass Ilonka Polpovic´ Büro wieder für die nächste Schandtat bereit war. Dass es immer einen gibt, der letztendlich die Contenance verliert, der sich übergangen fühlt und deswegen in einer Ecke zu schmollen beginnt, liegt in der Natur der Sache. Dass die ganze Geschichte dann einen solchen Ausgang nimmt, dass es sogar Tote zu beklagen gibt, das liegt normalerweise aber nicht im Bereich des Üblichen. Billowic drückte die Glut im Aschenbecher aus und nahm eine weitere Zigarette aus der Packung. Er musste Vorkehrungen treffen, damit es nicht ihn traf. Ja, das würde er tun.

*

Als Kemmer nach seinem Dienst daheim angekommen war,

schlüpfte er im Nu aus seiner Uniform und unter die Dusche. Das kühle Nass erfrischte ihn. Der warme Frühlingstag hatte das Seinige dazu getan, um Kemmers Müdigkeit noch zu steigern und um ihn ein wenig ins Schwitzen zu bringen. Der viele Kaffee tagsüber konnte trotz seiner Stärke keinen Ausgleich zu Kemmers Müdigkeit schaffen. Kemmer zählte nun auf die Dusche. Abgesehen davon, würde er, wenn er Elke wiedersah, ohnehin einen Adrenalinkick bekommen, der ihm für die nächsten Stunden die nötige Aufmerksamkeit und Kraft verleihen würde. So hoffte er zumindest als seine Wohnungstür hinter ihm ins Schloss fiel und er, erfrischt Und auch ein wenig aufgeregt ins Stiegenhaus trat. Er hatte schon lange keine Verabredung mehr gehabt und war dementsprechend nervös. Er konnte es mittlerweile nun auch vor sich selbst zugeben, dass der heutige Abend, doch wohl einiges an Bedeutung für ihn hatte. Und wie es an solchen Abenden fast die Regel ist, der Druck, den man sich selbst macht, ist in den meisten Fällen hinderlicher Natur und führt in den wenigsten Fällen zum Ziel. Doch was genau war das Ziel des heutigen

Kemmer ermittelt...
Mord in der Tanzschule

Abends. Kemmer wollte in Elkes Nähe sein, er empfand ihre Gesellschaft als angenehm, er fühlte sich wohl bei ihr. Natürlich würde er gerne noch einige Informationen zu ihrer Person erfahren, was sie bisher so getrieben hatte, ihre Hobbys – abgesehen vom Tanzen jetzt – möglicherweise hatte sie Kinder. In Kemmers Kopf herrschte ein totales Durcheinander. Er überlegte sich, wie er sich verhalten sollte, welche Fragen er stellen konnte, legte sich den einen oder anderen Witz zurecht und hatte alles, wirklich alles davon vergessen, als er Elke gegenüber stand.

*

„Herr Inspektor, wo san sie olleweil? Ma siecht ihna goa nimma, muss i mir Sorgen machen?"

Kemmer ermittelt...
Mord in der Tanzschule

„Grüß Sie, Herr Josef. Wie meinens denn das?"

„Na so wie is sog, wo san sie in letzter Zeit?"

„Da wie dort, aber keine Angst, ich geh ihnen nicht aus dem Weg, bin halt grad ein bissl eingedeckt, in den letzten Wochen."

„Verstehe, die Morde-„

„Aber, sie wissen doch, ich hab nix damit zu tun."

„Dann hams a Freundin?"

„Wie kommens denn darauf?"

„Falsche Antwort, mein lieber Inspektor Kemmer, also, woher kennens as denn?"

„Na sie sind aber schon indiskret." Kemmer schmunzelte.

„Was bin i, i frag ihna nur. Aber man siehst ihnen eh an, sie grinsen doch bis über beide Ohrwaschln. Na sicher ham sie a Freundin. Hat die an Namen, wie haaßts denn?"

„Elke."

„Na alsdann, wird eh Zeit, dass sie sesshaft werden. Und woher kennens die Dame?"

„Wir haben uns beim Tanzen kenngelernt, Herr Tarp, aber sie ist nicht meine Freundin, wir treffen uns nur."

„Das kann i mir vorstellen", lachte Tarp auf. Da brauch i glei an Schnaps, dass ich das noch erleben derf, der Kemmer hat a Freundin."

Ein wenig irritiert fragte Kemmer: „Ist das so ungewöhnlich?"

„Najo schauns, sie haben zwar hin und wieder eine kurze Bekanntschaft, erzählen tuns erst davon, wenns schon wieder vorbei is, da ist des jetzt aber ganz was anderes, möchte ich sagen."

„Wart ma mal ab, alles was ganz neu ist, kann auch wieder ganz schnell aus sein-„

„Denkens positiv, Herr Inspektor. I lad ihna auf an Schnaps ein, den brauch i jetzt, zum Feiern."

„Herr Tarp, ich mag kann Schnaps und i bin mit der Euphorie lieber vorsichtig. Ich trink mein Bier, das reicht mir."

„Na dann trink i halt ihnan Schnaps a mit."

Tarp gab der Kellnerin ein Zeichen, die kam und er bestellte zwei Schnäpse. Kurz darauf stellte die Kellnerin die beiden Schnapsgläser auf den Tisch, eines vor Tarp und eines vor Kemmer. Der nahm es und stellte es neben das von Tarp. Wenn Tarp wüsste, dass Elke in den letzten beiden Wochen schon mehrmals bei

Kemmer ermittelt...
Mord in der Tanzschule

Kemmer übernachtet hatte, er bei ihr übrigens lediglich ein einziges Mal, dann würde wohl eine Flasche auch nicht ausreichen, um die frohe Kunde ausreichend zu begießen. Aber Tarp musste auch nicht über alles Bescheid wissen. Wenn sich etwas längerfristiges ergab, dann würde Kemmer ohnehin den alten Grantler seiner Elke vorstellen. Jetzt wollte er aber den Ball, zumindest in Bezug auf Verlautbarungen flach halten. Er wusste ja auch nicht, ob es für Elke überhaupt in Ordnung wäre, wenn er in dieser frühen Phase schon alles ausplapperte. Darüber hatten sie gar noch nicht gesprochen. Derzeit waren sie mit anderen Dingen beschäftigt. Kemmer fühlte sich, als wäre er sechzehn und würde im Freibad auf die Ulli, die Lisi oder sonst jemanden aus seiner Jugend warten. Es stimmte somit, ganz egal wie alt man wurde, das Gefühl war immer das gleiche, immer dieselbe

Kemmer ermittelt...
Mord in der Tanzschule

Euphorie, die sich breitmachte, schon wenn man nur an die andere Person dachte. Um nichts auszuplaudern, griff Kemmer zu seinem Glas und nahm einen großen Schluck, den er länger im Mund hin und her spülte. Tarp hatte die beiden Schnäpse geleert und war somit offenbar auf den Geschmack gekommen. Er hatte sich zwei weitere bestellt. Morgen würden Elke und Kemmer sich wieder sehen. Pünktlich um 18 Uhr.

*

Es war dunkel. Die Beleuchtung im Stiegenhaus hatte er davor deaktiviert; es war ein Leichtes gewesen, Häuser, in welchen es immer noch einen öffentlichen Zugang zu den Sicherungen gab, waren zwar eine Seltenheit, es gab sie aber immer noch. Und dann wartete er. Wie lange er da stand, würde er später nicht mehr Wissen, er konnte sich nur daran erinnern, dass er davor, eingängig an der Wohnungstür gelauscht, ob er irgendein Geräusch wahrnehmen konnte, dass ihm bestätigen würde, jemand sei anwesend. Er würde als erster zuschlagen, er würde sich wehren, bevor er selbst angegriffen werden würde. So etwas war doch völlig Ordnung. Man hörte doch immer wieder von Präventivschlägen. Wenn andere das konnten, dann er doch sicherlich auch. Und den Schaden, den er anrichten würde, der hielt sich doch in Grenzen und traf ja nur denjenigen, den es wirklich betraf; keine Kollateralschäden, sozusagen. Er konnte von seinem Platz im dritten Stock hören, wie das Haustor wieder ins Schloss fiel. Jemand war gekommen. Langsam und leise hört er Schritte, die stetig näher kamen. Dann stoppten sie, er hörte deutlich einen Schlüsselbund, den Schlüssel im Schloss und dann die zufallende Türe. Stille. Ein leichter Lichtschein strahlte vom unteren Stockwerk zu ihm hinauf. Kurz darauf hatte die Finsternis wieder alle Möglichkeit zur Ausbreitung. Nachdem er sich abermals Dirty

Harry 3 angesehen hatte, immer wieder die Szenen wiederholt hatte, in denen die Typen mit dem Messer lautlos abgestochen worden waren, fühlte er sich vorbereitet genug. Das Messer bewahrte er in der Innentasche seines Blousons auf, er würde es, wenn sich jemand offensichtlich auf dem Weg ins dritte Stockwerk befand, hervorholen und fest umklammern. Dann würde er aus seiner Nische hervortreten, dem anderen die linke Hand auf den Mund legen und im selben Augenblick mit dem Messer zustechen. Wenn man die Nieren traf, dann hatte das Opfer keinerlei Möglichkeit zu schreien. Und so war es dann auch. Er kam wieder zu sich, als der andere vor ihm, im Eingang zu seiner Wohnung, auf dem Boden lag. Still und blutend. Er atmete schwer, fasste sich aber gleich wieder und stieg über den Toten hinweg, bückte ich, nahm ihn an beiden Armen und zog ihn sachte in dessen Wohnung. Dann schloss er die Türe von innen und sank neben der Leiche zu Boden. Es war stockdunkel. Er wusste nicht mehr, wie lange er so verharrt war, als sich plötzlich und völlig unverhofft, das Ganglicht einschaltete und seinen Schein

durch das Glas der Eingangstüre warf. Das Blut hatte mittlerweile den Großteil des Bodens im Vorzimmer bedeckt, auch seine Schuhe waren davon umschlossen. Er atmete schwer und bemerkte nun auch, dass er heftig schwitzte. Dann vernahm er die Schritte, die immer näher kamen. Vor der Tür machten sie halt. Das nächste was er hörte, war das Geräusch, das dabei entstand, suchte man etwas in einer Tasche. Er sprang auf und drückte sich an die Wand. Hinter sich konnte er die Türe zum WC entdecken. Er drückte sie auf und verschwand dahinter. In diesem Moment öffnete sich die Wohnungstüre. Doch ganz auf ging sie nicht, denn sie stieß an die Füße des Toten. Einen Moment herrschte vollkommene Stille, die im nächsten Augenblick durch einen lauten Schrei durchbrochen wurde. Darauf folgte ein weiter mittlerweile hysterischer Schrei, der in ein hen wollten. Und somit auch niemand, der bemerkte, dass Alexander Billowic zu dieser Zeit, das Haus mit der Nummer 38 verließ.

*

Schluchzen überging. Die Frau entfernte sich mit schnellen Schritten und klopfte an eine der beiden Nachbartüren. Nach einer gefühlten Ewigkeit, begleitet von Schreien und verschluckten Worten, öffnete sich die Nachbarstüre und der betagte Hans Meier schaute verschlafen in vor Schreck geweiteten Augen seiner Nachbarin. Die schob ihn zurück und warf hinter sich die Türe zu. Meiers Stimme war leise und bedacht, er fragte, was denn los sei, die Antwort konnte man noch in der Nachbarwohnung vernehmen. Er versuchte ruhig zu atmen. Langsam und sachte schob er sich hinter der WC-Tür hervor, stieg über den Toten und verließ die Wohnung durch die immer noch offen stehende Eingangstür, vorbei an der hell erleuchteten Wohnung des Nachbarn. Im übrigen Haus regte sich nichts. Kein Licht hinter Türen, keine besorgten Nachbarn, die nach dem Rechten se-

„Du bist ja Polizist, also, was geht da ab in dieser Stadt?"

„Das kann ich dir auch nicht sagen. Auf jeden Fall gibt es jetzt schon den dritten Mord in kürzester Zeit."

„Und?"

„Was und?"

„Naja, hängt der mit den anderen zusammen?"

„Was ich dir sagen kann, weil ich es zufällig weiß und weil es die Ermittlungen nicht behindern würde, ist dass es sich erstens in diesem Fall um einen männlichen Toten handelt, der mit einem Messer erstochen worden ist; also er ist in seiner Wohnung verblutet. Die Freundin hat ihn beim Heimkommen gefunden. Und, das ist das interessante, sag ich mal, der Täter war offensichtlich zu diesem Zeitpunkt noch in der

Wohnung. Man fand Fingerabdrücke auf der Tür zum WC, an der Innenseite. Und das lässt darauf schließen, aufgrund des Todeszeitpunktes, dass der Täter eben noch in der Wohnung war, oder gerade weg."

„Na bumm."

„Kann man so sagen."

„Und jetzt?"

„Jetzt essen wir zusammen und fahren heim."

„Gute Idee, obwohl, man ist ja nicht einmal mehr zu Hause sicher."

„Naja, ganz so arg ist es aber nicht. Und der Mord an sich, fand vor der Wohnungstüre statt."

„Na du bist aber sehr technisch unterwegs."

„Naja, ist so."

„Na, hoffentlich findens den bald."

„Warum nicht. Die meisten Täter findet man in der Familie oder im Bekanntenkreis, selten, dass ein Mord nicht innerhalb der ersten paar Tage geklärt werden kann. Also entweder findet man den Täter gleich, oder eben nie."

Kemmer ermittelt...
Mord in der Tanzschule

„Na dann hoffe ich, dass es eher gleich, als nie passiert."

„Da würde ich mir eben keine großen Sorgen machen. Möchtest du noch etwas trinken?"

„Können wir daheim auch noch, zahlen wir lieber und fahren wir."

„Nichts dagegen einzuwenden." Kemmer ließ seinen Blick durchs Lokal schweifen, erspähte den Kellner und winkte ihm dezent zu. Kurz darauf befanden sich Kemmer und Elke vor dem Lokal und hielten nach einem Taxi ausschau. Der Vorteil einer Heimfahrt im Taxi war jener, dass man es sich auf der Rückbank gemütlich machen konnte. Der Fahrer war damit beschäftigt, einen sicher nach Hause zu kutschieren, und man selbst konnte die Zeit nicht ungenutzt verstreichen lassen.

*

Kemmer ermittelt...
Mord in der Tanzschule

Die Vernehmung des Alexander Billowic verlief, genauso wie seine Verhaftung, unspektakulär. Man hatte, und hier war Inspektor Zufall Pate gestanden, seine Fingerabdrücke in der Datenbank gefunden und so war es ein Leichtes gewesen, ihn festzunehmen. Der junge Mann legte ein umfassendes Geständnis ab. Warum er die Tat begangen hatte, konnte er nachvollziehbar schildern, trotzdem war es den Beamten unverständlich, wie es dazu letztendlich wirklich kommen hatte können. Billowic berichtete von einem ausgelassenen Abend im Tanzstudio. Die Belegschaft des Tages war noch geblieben, man hatte Freunde angerufen, ob sie nicht kurz vorbei schauen wollten, aus kurz wurde länger und aus ausgelassen orgiastisch. Dass es bei solchen Gelegenheiten immer wieder dazu kam, dass sich jemand übergangen, oder aber an den Rand gedrängt fühlte, das war keine Besonderheit. Und so trug es sich eben zu, dass der mittlerweile Tote Oskar Rinter, gegen drei Uhr früh, aufgrund zu viel Alkohols und möglichen anderen Substanzen, seinen Gemütszustand nicht mehr unter Kontrolle hatte und einen sogenannten „Moralischen" bekam. Zuerst versuchte man ihn noch zu trösten, doch recht schnell fand die Gesellschaft Gefallen daran, sich erst einmal über ihn lustig zu machen und ihn dann in Folge zu allerhand Schabernak zu missbrauchen. Dies ließ er alles mit sich geschehen, bis zu dem Zeitpunkt, an dem er aufsprang, sich seine Kleider suchte und in die Runde schrie: „das wird ich euch nie vergessen, bei jedem Schritt werdet ihr an mich denken." Dann fiel hinter ihm die Türe ins Schloss und man widmete sich wieder dem, das man vorher getan hatte. Billowic war klug genug gewesen, diesen Vorfall mit den beiden Morden zu verknüpfen, und so brauchte er nicht viel, um sich ausrechnen zu können, dass er einer der nächsten auf Rinters Abschussliste sein würde. Er musste ihm also zuvor kommen. Der Haken an der ganzen Sache war aber, dass am Tag nach Billowic´ Verhaftung, eine weitere

Leiche, erdrosselt und mit gebrochenen Beinen, aufgefunden wurde. Man konnte sagen, sie war noch warm, was so viel bedeutete, dass in diesem Fall Rinter nicht als Täter in Frage kommen würde, er war nämlich schon kalt.

*

Ilona Polpovic drehte den Schlüssel langsam im Schloss herum und öffnete dann die Tür. Sie war die letzten beiden Wochen nicht in ihrer Tanzschule, sondern bei einer Freundin in Retz gewesen. Sie hatte etwas Abstand gebraucht. Dass während ihrer Abwesenheit eine dritte Leiche gefunden worden war, trug nicht wirklich zu ihrer Beruhigung bei. Doch was nutzte es schon, sie konnte ja nicht ewig fortbleiben. So war sie, am Tag nach dem letzten Fund, wieder nach Wien zurückgekehrt. Sie schaltete das Saallicht ein und ließ ihren Blick schweifen. Was sie hier alles schon im Laufe der Jahre erlebt hatte. Sie konnte sich genauestens an viele Situationen erinnern, die ihr gezeigt hatten, dass sie eine Aufgabe zu erfüllen hatte. Der Tanz brachte den jun-

Kemmer ermittelt...
Mord in der Tanzschule

gen Menschen auf eine spaßige Art und Weise Disziplin bei. Man konnte nicht mit jemandem tanzen und dabei machen was man wollte. Es gab gewisse Regeln, die man einzuhalten hatte. Mittlerweile hielt sich wohl aber niemand mehr an Regeln und Etikette, was war aus dieser Welt geworden. Langsam schritt sie über das spiegelblanke Parkett. Darauf hatte sie immer schon großen Wert gelegt; der Boden musste spiegelglatt und möglichst ohne Kratzer sein. Sie blieb stehen. Vor ihr befand sich die weiße Markierung, mit der die Beamten die genaue Platzierung der am Vortag gefundenen Toten gekennzeichnet hatten. Erdrosselt mit der eigenen Strumpfhose. Beide Beine gebrochen. Warum war sie überhaupt hier gewesen. Bis auf die Reinigungsfirma, hatte hier niemand etwas zu suchen gehabt, die Tanzschule war vorübergehend geschlossen. Alle ihre Mitarbeiter hatten das gewus-

Kemmer ermittelt...
Mord in der Tanzschule

st. Polpovic konnte sich keinen Reim darauf machen. Es war ihr ein Rätsel. Zugang konnte man sich ja leicht einen verschaffen. Es hatte ja jeder hier einen Schlüssel, um aufzusperren. Somit kamen mehrere Personen in Frage. Und warum dieses Knochenbrechen, was war das für eine Botschaft? Was wollte der Täter damit ausdrücken? Für Polpovic stellten diese Morde lediglich Akte von sinnloser Gewalt dar. Wer hatte schon das Recht, jemandem das Leben zu nehmen? Es waren junge Mädchen gewesen, die konnten Herzen brechen ja, aber was konnten sie anstellen, dass ihnen jemand nach dem Leben trachteten würde? Sie hätten noch ein ganzes Leben vor sich gehabt, Pläne, die man in diesem Alter noch schmiedete, die Tanzmeisterschaften beispielsweise, alles vorbei. Polpovic drehte sich um und sah zur Tür. Es war ihr, als hätte sie ein Geräusch vernommen, doch es war niemand da. Nur sie, alleine in ihrer Tanzschule, alleine in diesem großen Raum, der ungenutzt keinen Sinn ergab. Und da fasste Ilona Polpovic einen längst überfälligen Entschluss. Doch bevor sie diesen in die Tat umsetzen würde, hatte sie noch einen Weg zu erledigen. Sie ging in ihr Büro, holte die Angestelltenkartei aus dem Rollkasten und steckte sie in ihre Tasche. Dann löschte sie das Licht im Raum, verschloss hinter sich die Türe und machte sich auf den Weg zur nächsten Polizeidienststelle.

*

„Muss ich mir eigentlich Sorgen machen um dich?"

„Wie kommst denn auf das?"

„Naja, du bist Polizist und die ganzen Morde jetzt."

„Schau, erstens hab ich mit den Moden nichts zu tun, ich bin ja nicht bei der Kriminalpolizei, zweitens werden meistens Menschen ermordet, die es betrifft, also das ist meistens unabhängig vom Beruf."

„Und drittens?"

„Nichts drittens. Ich bin in einem ruhigen Rayon unterwegs, mehr oder weniger, war noch nie wirklich in ein Gewaltdelikt involviert, bin im Dienst noch nie verletzt worden, also du brauchst dir da überhaupt keine Sorgen machen."

„Ok, wenn du das sagst."

„Vertrau mir, ich selbst muss den Nervenkitzel auch nicht unbedingt täglich haben.

Elke schien mit der Erklärung zufrieden zu sein. Kemmer verstand ihre Sorge, wusste aber auch, dass er als kleiner Rayonsinspektor nicht allzu großen Gefahren ausgesetzt war. Dass er in keinerlei Gewalthandlungen verwickelt gewesen war, das stimmte wohl nicht ganz so, wie er es erzählt hatte. Von den Morden in Simmering hatte bewusst aber nichts erzählen wollen. Einerseits lagen sie schon einige Jahre zurück und deren Umstände waren auch nicht gerade ein Gesprächsthema, das man am Anfang einer Beziehung ausbreiten wollte. Er wusste zwar, dass er das nicht allzu

Kemmer ermittelt...
Mord in der Tanzschule

lange aufschieben konnte, wartete aber, wie man so schön sagte, auf den richtigen Zeitpunkt.

*

„Ich bin mir ziemlich sicher, dass sie die Mörderin ist."

„Und wie kommen sie drauf, das ist ja eine ziemlich schwerwiegende Anschuldigung."

„Schauens, wenn man so viel mit den jungen Mädeln zu tun hat, dann kriegt man ein Gspür. Dann kann man Blicke deuten, dann weiß man, wie man in ihnen lesen kann. Und glaubens mir, wir haben meistens die gleichen Gedanken, die gleichen Emotionen, der Unterschied ist nur der, dass die meisten Menschen keine Mörder werden, weil es da doch noch eine Hemmschwelle gibt."

Kemmer ermittelt...
Mord in der Tanzschule

Ilona Polpovic hatte sich auf einem Sessel niedergelassen, dem Beamten gegenüber, der ihre Aussage nun zu Protokoll nahm. Sie hatte am Weg hierher noch einmal überlegt, ob sie diesen Schritt wagen sollte, ob sie nicht die Beamten arbeiten lassen sollte und sich nicht einmischen. Nein, sie musste es zu einem Ende bringen, sie musste sagen, was sie wusste, was sie beobachtet aber nicht beachtet hatte. Außerdem half es ihr dabei, einen Schlussstrich zu ziehen. Sie wollte das Kapitel Tanzschule schließen und dieser Schritt würde ihr dabei helfen. Und jeder erwachsene Mensch, egal wie jung er noch war, trug einzig und allein selbst für sein Handeln die Verantwortung, da hatte sie keinen Einfluss darauf. Und es war nicht mehr an der Zeit, die Hand schützend über andere zu halten.

*

„Das müssens mir erklären. Ich versteh da nur Bahnhof."

„Die Täterin hat die beiden Morde begangen, weil sie bei den Tanzmeisterschaften gwinnen wollt."

„Versteh i ned."

„Naja, die anderen drei waren für sie eine gefährliche Konkurrenz, die hat sie ausschalten müssen, das liegt ja auf der Hand."

„Ja aber da gibt's ja weit mehr die sich bewerben, da sind doch nicht nur die drei Konkurrentinnen gewesen."

„Na sie ham schon recht, Herr Tarp-„

„Josef!"

„Ja, Herr Josef. Sie ham schon recht, aber soweit hat sie ja nicht gedacht. Und das war ja auch alles nicht wirklich rational. Sie hat sich von den anderen ausgestochen und bedroht gefühlt, dann kommt ja auch noch die persönliche Komponente dazu, die anderen waren erfolgreich bei den Herren der Schöpfung, das ist in dem Alter auch nicht von der Hand zu weisen, dass das eine Auswirkung hat. Und-„

„Was und?"

„Na lassens mich doch ausreden, Herr Josef. Und sie stammt aus einer Tanzschuldynastie, das darf man auch nicht vergessen. Heißt: sie muss schon was können."

„Übertrieben!"

„Bitte?"

„Find i übertrieben, wer schert sich denn heute noch um sowas? Und warum tanzt die ned bei der eigenen Tanzschule?"

„Weil die vor einigen Jahren zugesperrt hat. Konkurs."

„Hm. Drei Tote wegen der Tanzerei, a bissl sinnlos, sag ich da. Und der vierte, wie passt der dazu?"

„Eigentlich gar ned."

„Ja, ich habs eh in der Zeitung gelesen, das war so a Überreaktion, oder?"

„Naja, kann man so sagen. Der Billowic hat geglaubt, dass das Opfer der Täter der anderen Morde war und hat geglaubt, er ist der nächste."

„Wieso des?"

„Das war so eine Partygschicht, die haben sich über ihn lustig gemacht und der Billowich dachte, dass er sich jetzt an allen rächt."

„Typische Opfer-Täter-Umkehr."

„Könnt ma so sagen, Herr Josef."

„Auf das trink ma aber noch ein Bier, Herr Inspektor."

„Tut mir leid, aber ich hab heute keine Zeit dafür."

„Aha, aber für was anderes", Tarp zwinkerte Kemmer zu.

„Sie haben recht, Herr Josef."

„Sie haben a Randl."

„Kann man so sagen."

„Also doch was Ernstes."

„Wir wollen nix überstürzen, Herr Josef, aber möglich ist alles."

Kemmer stand auf, legte einen Zehn-Euro-Schein auf den Tisch und nickte Tarp zu. Langsam

Kemmer ermittelt...

Mord in der Tanzschule

„Nach der Aufklärung der myste-
riösen Mordserie im Umfeld der
Tanzschule Popovic, wirft deren
Besitzerin, Ilona P. das Handtuch.
„Menschen die Tanzen tun so
etwas nicht, für mich ist eine Welt
zusammengebrochen. Ich schließe
meine Tanzschule, die mein Leben für mich war. Gotts sei Dank,
muss das mein Mann nicht mehr
miterleben. "

schritt er durch den Gastgarten,
der Kies knirschte unter seinen
Schritten. Er warf einen Blick auf
die Uhr. Er würde sich beeilen
müssen, Elke wartete sicher schon
mit dem Abendessen.

*

ENDE

Erwarten Sie gespannt den nächsten Band der Erfolgsserie

Kemmer ermittelt...

„Im Sommer hab i vü öfters an Steifen, Herr Inspektor." Der Unterstandslose Josef Hirtal hält keinerlei Information zurück. Was hat es mit dem Toten am Friedhof der Namenlosen auf sich, den Josef Hirtal findet? Und wieso liegt, nicht einmal eine Woche später, eine weitere Leiche auf einem Friedhof in Simmering? Albin Kemmer stellt sich diesen Fragen, doch möchte er deren Antwort wirklich wissen?

Lesen Sie auch SIMMERING. Albin Kemmers letzte Tage im 11. Wiener Gemeindebezirk.

Taschenbuch, 2015. 156 Seiten. 9,50 € ISBN: 978-3738651669. Erhältlich im Fachhandel.

Kemmer ermittelt...
Schlaflied muss leiten

Kemmer ermittelt...
Mord im Zwilich?

Kemmer ermittelt...
Mord im Mezzanin

Kemmer ermittelt...
Geschlossene Gesellschaft

Kemmer ermittelt...
Reinschlager

Kemmer ermittelt...

Kemmer ermittelt...
78 Stunden

Kemmer ermittelt...
Auf der Sonnseiten Hof

Kemmer ermittelt...
Die Alpacas

Kemmer ermittelt...
Streif im Kammern

Kemmer ermittelt...
Bonum publico

Kurarzt Dr. Hoffmann
Kemmer auf Kur

Bergkristall
Keusche Bergluft auf der Alm

WILD-WEST-LEGENDEN

Ein Sonderband aus der Kriminalroman - Reihe Kemmer ermittelt...

Sonderband 3   **3.- Euro**

Showdown in der Mittagssonne

Kemmer gegen Elijah Williams

36 Seiten Rauchende Colts.   Der Wild-West-Roman von dem die ganze Prärie spricht!

Leserpost

Ich verstehe nicht, warum man hier nicht bei der ursprünglichen Idee bleiben kann. Kemmer ist Wiener, der hat im Wilden Westen nichts verloren, was soll das? *Gustav, Wien 18*

Ich bin selbst Sheriff einer kleinen Gemeinde, habe aber noch nie zu Mittag geschlafen! Diese Lügen, die Sie hier verbreiten sind eine glatte Frechheit! *Jack H., Dodge City*

Ich habe meiner Mutter diese Romane gebracht, da sie immer gerne gelesen hat. Jetzt ist sie dement, da sind die Kemmer-Geschichten gerade richtig; völlig egal, ob man sich da was merkt. *Ulrike, Gramatneusiedl*

Man baut umgehend eine Beziehung zu den Nebendarstellern auf. Die Hauptfigur aber ist zum Vergessen. Warum schreibt man so belanglose Geschichten über einen noch belangloseren Mann? *Hilde K., Favoriten*

Mit diesen Schundheftln zünd ich mir immer den Griller an. Kein Papier brennt so gut wie dieses, und kein Papier hat sonst keinen Sinn. *Peter, Wien 23*

Man versäumt absolut nichts, wenn man diese Heftreihe auslässt. *Udo H., Liesing*

Ich bin ja schon viel herumgekommen, aber so verkommen wie in diesen Heftln war es noch nirgends. Warum jemand diesen Dreck verlegt, ist mir ein Rätsel, aber typisch Österreich, nur Trotteln! *Frank, Schweinfurt*

Schreiben Sie uns! Wir drucken Ihre Korrespondenz ohne Änderungen ab!
Leserpost an: kemmer@girmindl.at

www.girmindl.at

WILD WEST LEGENDEN

Showdown in der Mittagssonne

Seine Augen brannten. Schon seit Stunden rann ihm der Schweiß über die Stirn. Reichte es nicht schon, dass ihm die Sonne seine Haut versengte? Der Hut schützte ihn nicht vor der Reflexion der Sonnenstrahlen im Sand. Jeder Schritt war mühsam, doch am Horizont konnte er die ersten Anzeichen der Stadt ausmachen. Es war kurz nach drei Uhr am Nachmittag, als er den Saloon betrat. Er suchte sich einen Tisch in der Ecke neben dem Piano. Dann kramte er einen Zigarillo aus seiner Hemdtasche und steckte ihn an. Er warf einen Blick zum Wirt, der immer noch keine Anstalten machte, sich auch nur ansatzweise zu bewegen. Doch er ließ seine Augen nicht mehr von denen des Wirts, bis dieser sich auf den Weg zu seinem Tisch machte. „Whisky" war die Antwort auf die Frage, die der Wirt noch nicht gestellt hatte. Die Flasche stand kurz darauf vor ihm, der Wirt markierte die Füllmenge mit einem Kreidestrich und machte sich wieder auf den Weg zurück zu seinem

Wild West Legenden

Showdown in der Mittagssonne

Ausschank. Langsam füllte er das Glas bis zur Hälfte mit dem Whisky. Dann trank er es in einem Zug leer. Das vertraute Brennen brachte ihm seinen Mut zurück. Das zweite Glas seine Kräfte. Beim dritten überlegte er sich, wie er vorgehen werde. Er würde sich erst einmal ein Zimmer suchen und sich in der Stadt umsehen. Dann war immer noch Zeit für das, warum er eigentlich gekommen war.

*

Im Büro des Sheriffs hatte sich Sam Wozniak auf die Pritsche in der einzigen Zelle gelegt, um dem Mittagsstress zu entfliehen. Dieser bestand darin, dass er einen Weg finden musste, die Stunden der Mittagszeit überhaupt hinter sich zu bringen. Wenn man davon ausging, dass es den ganzen Tag über so gut wie nichts zu tun gab, dann traf das auf die Zeit von zwölf bis drei noch vehementer zu. Wozniak versperrte deshalb die Türe zum Büro des Sheriffs und versuchte, bis auf Weiteres zumindest zu dösen. Dabei behielt er immer seine Stiefel an, man konnte ja trotz aller Langeweile nicht wissen, ob nicht doch ein Sheriff gebraucht werden würde. Wozniaks Urgroßeltern hatten ihre Heimat Polen schon früh verlassen und waren nach mehrwöchiger Reise im gelobten Land – Amerika – angekommen und durften kurz nach dem Sesshaft werden am Unabhängigkeitskrieg teilnehmen. Abgesehen von den Ureinwohnern, konnte man gar nicht amerikanischer sein. Ein leises Klopfen rief Wozniak sanft aus seinem Gedöse und er öffnete seine Augen. Verdammt heiß ist es heute wieder, dachte er bei sich und setzte sich auf. Wer mochte das sein? Wer getraute sich, seine Mittagsruhe zu stören? Andrerseits, wer störte somit seine eigene Mittagsruhe? Er würde nachsehen müssen, denn er war der Sheriff und ein wenig Verantwortungsbewusstsein schlummerte selbst in ihm. Als er die Türe langsam öffnete, bereute er es schon wieder. Es war Joe Tarp, der stadtbekannte Säufer. Er ließ keine Gelegenheut aus, sich etwas bezahlen zu lassen. Sei es im Saloon oder sei es für eine Information, die nur er, sozusagen exklusiv, hatte und nur für eine flüssige Gegenleistung damit herausrückte.

„Joe, was gibt es, du weißt es ist Mittag."

„Ja, Sheriff, ich weiß. Und es ist verdammt heiß heute, so eine Hitze macht durstig."

„Joe, was willst du, abgesehen von Schnaps, Bier und Whisky?"

„Ich wüsste was, etwas das den Sheriff interessieren könnte."

„Ach, du weißt etwas?"

„Ja, sag ich doch."

„Und was weißt du?"

„Was ist es dir wert?"

„Das kommt auf die Information an, vielleicht ist es mir ja egal."

„Das denke ich nicht."

„Na dann rück raus damit, du weißt, dass du dich auf mich verlassen kannst."

Wild West Legenden

Showdown in der Mittagssonne

„Na gut, Sheriff." Tarp blickte sich verstohlen um. „Gestern kam ein Fremder an."

„Und?"

„Mit dem hat es etwas auf sich."

„Was denn?"

„Wenn ich das nur wüsste, aber ich habe ihn gesehen, als er gestern angekommen ist."

„Joe, es ist nichts Besonderes daran, wenn in unserer kleinen Stadt ein Fremder auftaucht."

„Aber mit dem stimmt etwas nicht, ich kann dir nicht sagen, was es ist, es ist aber so."

„Gut, ich werde ihn mir mal ansehen, weißt du wo er wohnt?"

„Er hat sich ein Zimmer bei Angel genommen."

„Bei Angel, ausgerechnet-„

Wild West Legenden

Showdown in der Mittagssonne

ser. Tarp versuchte jegliche Geschichte zu Geld zu machen. Trotzdem wusste man nie, ob er dieses Mal nicht doch ins Schwarze getroffen hatte, auch ein blindes Huhn findet einmal ein Korn.

*

„Genau, wer würde das tun, freiwillig, wenn er nicht selbst so einer wäre."

„Nun gut, hier hast du einen Dime, lass mich zufrieden und kümmere dich wieder um deinen Kram."

„Danke, stets zu Diensten."

„Soweit kommt es noch, verpiss dich jetzt."

Joe Tarp wendete auf der Stelle und setzte sich in Bewegung. Es stand außer Frage, dass er sich auf den Weg zum Saloon machte. Wozniak blickte ihm kurz nach, schüttelte dann seinen Kopf und verschloss hinter sich wieder die Türe. Dann legte er sich abermals auf die Pritsche und schloss seine Augen. Vielleicht konnte er noch ein wenig Schlaf nachholen. Den Fremden konnte er sich später auch noch ansehen; und wenn er wieder weg war, dann umso bes-

„AJ, wo bleibst du?"

„Ich komme gleich, einen kurzen Moment."

AJ stellte den Kübel zur Seite und verließ die Scheune durch das große Tor und befand sich im Hof, wo Pete schon wartete.

„Du hast immer den Kopf in den Wolken, wie lange soll ich denn auf dich immer warten?"

„Ich bin doch hier, also, was willst du von mir?"

„Wir wollten in die Stadt fahren, hast du das etwa vergessen?"

„N-Nein. Lass uns fahren."

„Du hast es vergessen."

„Nein, hab ich nicht."

„Was soll´s, komm einfach. Ich hab schon die Pferde eingespannt.

Also, rauf auf den Bock mit dir, damit wir wieder schnell zurück sind."

Pete und AJ saßen auf dem Kutscherbock, die Pferde trabten langsam los und mit jeder Umdrehung der Räder wurde Staub aufgewirbelt. Es war heiß. Kein Wunder, die Sonne stand hoch am Himmel und es hatte seit Wochen nicht mehr geregnet. Auch für die beiden Tiere war diese Hitze eine Belastung. Sie waren Trockenheit gewohnt, doch diese anhaltende Hitze ohne Regen war auch für sie neu. Pete wusste das und versuchte ihnen ihr Tempo zu lassen. Eine viertel Stunde später waren sie in der Stadt angekommen. Sie hielten vorm Saloon und Pete spannte die beiden Rappen aus, damit er sie zur Tränke führen konnte. Dann lugte er kurz in den Saloon hinein, sah Frank Ross, den Wirten hinter dem Tresen stehen und sagte: „wir erledigen nur unserer Einkäufe, dann kommen ohnehin zu dir."

Es war kein großes Unternehmen, sie würden die Pferde, auch ohne dieser Ankündigung stehen lassen können, jeder wusste, dass ein Besuch in der Stadt immer im Saloon endete. Pete holte ein zer-

Wild West Legenden

Showdown in der Mittagssonne

knittertes Blatt Papier aus seiner Hosentasche. Er hielt es sich vor die Augen und las langsam was ihm Jennifer aufgeschrieben hatte. Sie benötigten Öl für die Lampen, Seife und einiges mehr an Utensilien für das Leben auf der Farm. Pete dachte daran, dass er Tabak für seine Pfeife nicht vergessen durfte. Die Abende auf der Veranda verlangten direkt danach, sie schmauchend zu Ende gehen zu lassen. Kurz darauf betraten Pete und AJ den Laden von Mister Horatio. Für die beiden gab es hier einfach alles, woran sie denken konnten. Horatio musste wirklich Verbindungen in die ganze Welt haben, wo bekam er sonst dieses viele Zeug her. Egal was man verlangte, er zog es aus einer Lade, fand es in einem Regal oder entschuldigte sich kurz, um es dann völlig emotionslos aus seinem Lager zu bringen und auf das Verkaufspult zu legen, nicht ohne

Wild West Legenden

Showdown in der Mittagssonne

den Hinweis, wie viel es kostete. Mr Horatio führte den Laden schon seit die beiden sich erinnern konnten und genau so sah er auch aus, alt, aber man konnte gar nicht sagen, wie alt er war. Seine Bewegungen waren langsam, sein Gang schleppend aber seine Augen schienen eine Wachsamkeit zu haben, die man selbst bei manch jungem vermisste. Pete und AJ grüßen. Mister Horatio grummelte etwas in seinen Backenbart und wartete dann darauf, dass ihm verkündet wurde, was die beiden denn wollten.

„Wir benötigen Seife."

„Das rieche ich bis hierher, eine weise Entscheidung."

„Und Kupferdraht-„

„Hm."

„Dann brauchen wir noch Öl für die Lampen-„

„Glaubst du nicht, dass es einfacher wäre, wenn du mir deinen Zettel gibt's und ich suche in Ruhe eure Dinge zusammen? Ihr könnt sie dann holen. So wie ich euch kenne, könnt ihr es gar nicht abwarten in den Saloon zu kommen."

AJ grinste. Mister Horatio hatte sie durchschaut. Er warf einen Blick zu Pete, der aber den Kopf schüttelte.

„Nein, Mister Horatio, wir warten gleich darauf, so lange dauert das ja nun doch wieder nicht."

„Nun gut, wie ihr meint."

Mister Horatio richtete seine Brille und las sich das Blatt von Anfang bis zum Ende einmal durch. Dann schlurfte er von Regal zu Regal, brummte immer wieder etwas Unverständliches, schüttelte den Kopf, kramte in diversen Laden und verschwand, zu guter Letzt, auch noch in seinem Lager, das eigentlich nur aus dem Raum hinter dem Laden bestand. Nach einer gefühlten Ewigkeit, die Pete und AJ sich im Laden umblickend verbrachten, kam Mister Horatio endlich wieder aus den unendlichen Weiten seines Lagers zu den beiden zurück.

„Das dürfte alles sein." Mit diesen Worten stellte er den beiden eine gefüllte Kiste auf das Verkaufspult und schob sie ein wenig in ihrer beider Richtung. „Das macht zwei Dollar und 58 Cent."

Pete kramte in seiner Hosentasche und holte einen zerknitterten Schein, sowie mehrere Münzen hervor. Langsam legte er das Geld auf das Pult, zählte dabei mit und ließ sich dabei von Mister Horatios Blick nicht aus der Ruhe bringen. Nachdem Horatio das Geld entgegen genommen und in seiner Registrierkasse verstaut hatte, nahm AJ die Kiste und verließ, nachdem sich beide von Mister Horatio verabschiedet hatten, hinter Pete her trottend den Laden. Als sie auf die Straße traten, schien die Sonne mit derselben Vehemenz wie zuvor den Beiden auf die Köpfe. Es war verdammt heiß. Und es war verdammt staubig. AJ trug die Kiste mit den Besorgungen zum Wagen, verstaute sie hinter dem Kutschbock und deckte sie zu. Dann trat er durch die Tür des Saloons und ging zielstrebig auf Pete, der schon wartete zu.

„Was willst du, Kleiner?"

Wild West Legenden

Showdown in der Mittagssonne

„Ein Bier, so wie du!"

„Na dann, ein Bier für den Jungen, Russel!"

„Sag nicht immer Kleiner zu mir."

„Aber du bist doch kleiner als ich."

„Du sagst das immer, wenn dich jemand hören kann, ansonsten nicht. Als würdest du dich vor allen über mich lustig machen."

„Ach, AJ, wie kommst du darauf, trink erst einmal einen kräftigen Schluck, dann wirst du schon wieder auf klare Gedanken kommen."

AJs Bier kam und wohl nicht nur aufgrund der Hitze, setzte er das Glas an und trank es in einem Zug bis zur Hälfte aus. Dann stellet ere s wieder auf den Tisch vor sich, wischte sich mit der Hand den Bierschaum von den Lippen und holte einmal tief Luft.

Wild West Legenden

Showdown in der Mittagssonne

„Du bist durstig, das sieht man."

„Ach was, wann kommen wir schon mal in den Genuss kühles Bier trinken zu können. Das muss man nutzen."

„Genauso ist es richtig", sagte Russel Scott, der gerade an ihrem Tisch vorbei kam. Im selben Moment schwang die Tür des Saloons auf und Joe Tarp trat ein.

„Ach Joe, ich geb dir keinen auf Haus, zumindest nicht schon wieder."

„Kein Problem, Russel, ich hab Geld."

„Woher, erzähl mir nicht, dass du etwas gearbeitet hast."

Arbeit muss nicht immer mit den Händen geschehen!"

„Ein Philosoph, der Herr!"

„Was immer das auch sein mag, dann bin ichs eben."

„Also, woher hast du das Geld her?"

„Vom Sheriff."

„Warum soll der dir Geld geben?"

„Weil wir zusammenarbeiten."

„So einen Blödsinn hab ich aber noch nie gehört, also, Joe, spucks aus, sonst kriegst du hier gar nichts."

„Ach Gott, ich hatte eine wichtige Information für unseren Gesetzeshüter, das war alles."

„Und was willst du schon wissen?"

„Mehr als du, offensichtlich."

„Lassen wirs einfach, Joe, was willst du?"

„Ein Bier und einen Whisky."

„Und womit zahlst du?"

„Damit!" Joe warf den Dime auf den Tresen.

„Ok, Joe. Sollst du haben." Russel Scott stellte ein Whiskeyglas vor Tarp hin, goss großzügig ein und holte dann ein Glas Bier, das er ebenso vor Tarp hinstellte.

„Und, welche Information war es nun?"

Tarp setzte das Glas wieder ab, aus dem er gerade getrunken hatte und sagte zu Scott: „na dieser Fremde, der gestern hier nagekommen ist, von dem hab ich erzählt."

„Spannende Neuigkeit, ob die einen Dime wert ist?"

Tarp war das egal, er hatte sein Bier und seinen Whisky, wo war das Problem?

*

Er saß mit dem Rücken zum Fenster seines Zimmers, die Beine aufs Bett gelegt und reinigte seine Fingernägel mit einem Zahnstocher. Nach getaner Arbeit warf diesen in eine Ecke des Raumes und stand auf. Er drehte sich um, ging zum offenen Fenster und begann die Straße zu beobachten. Die gleißende Sonne war dafür verantwortlich, dass sich niemand zu dieser Zeit auf der Straße befand und dass, bis auf zwei Pferde, die vor dem Saloon angebunden waren, auch keine Tiere in der brütenden Hitze zu sehen waren. Hunde und Katzen teilten sich solidarisch die wenigen

Wild West Legenden

Showdown in der Mittagssonne

Schattenplätze oder hatten sich in weiser Voraussicht schon längst unter Veranden und dergleichen versteckt. Er steckte sich eine Zigarette in den Mund, riss ein Streichholz am Fensterrahmen an und setzte die Zigarette in Brand. Tief inhalierte er den Rauch, blies ihn dann wieder aus und sah ihm nach. Dann drehte er sich wieder um und durchschritt sein Zimmer. Er hatte seine lederne Tasche auf den Waschtisch gestellt und öffnete diese jetzt. Er nahm mehrere Dokumente heraus und legte sie neben die Tasche. Dann blätterte er sie durch. Zwischen en letzten beiden Blättern war die Fotographie eines Mädchens, sie musste auf dem Bild höchsten sechzehn sein. Er nahm sie in die Hand und sah sie lange an. Gedanken kamen in ihm auf und er wusste, dass es keine guten waren. Dann bemerkte er, dass er leicht zitterte. Er warf das Bild zu den

Wild West Legenden

Showdown in der Mittagssonne

anderen Papieren und ging wieder zum Fenster. Er warf die bis zu den Fingern heruntergerauchte Zigarette aus dem offenen Fenster auf die Straße. Er konnte keine Zeit mehr verstreichen lassen, es war so weit. Er würde seine Suche hier zu Ende bringen.

*

AJ spannte die beiden Pferde aus und ließ sie zur Tränke. Die Sonne hatte ihren Zenit mittlerweile wieder verlassen und dementsprechend verträglicher wurde die Hitze. Pete schnappte sich die Kiste mit den Einkäufen und stieg zum Haus empor. Mit seinem linken Fuß stieß er die Türe auf und rief kurz darauf: „Jenny, wir sind wieder da." Er hörte sie in der Küche und war sogleich bei ihr.

„Na, ihr habt aber auch ganz schön lange gebraucht."

„Ach du weißt doch wie lange Mister Horatio immer braucht. Bis er alle Sachen beisammen hat, da kann schon ganz schön viel Zeit vergehen."

„Die ihr beiden sicherlich problemlos im Saloon nutzen könnt."

„Wenn du es so siehst."

„Nun, habt ihr alles bekommen?"

„Ja, alles da drin", sagte Pete und stellte die Kiste auf den Tisch.

„Sehr fein."

„Was gibt es denn heute zum Essen?"

„Ich habe den Schweinbauch ausgelassen, Zwiebel und Mais und Bohnen darin angebraten. Es köchelt noch ein bisschen, dann können wir essen. Es ist noch etwas von dem Brot da, das ich gestern gebacken habe."

„Sehr gut, ich hab schon richtig Hunger."

„Ihr habt immer Hunger, wenn ihr aus der Stadt kommt."

„Zufall, meine Liebe." Er gab ihr einen Klaps auf den Hinter und ging wieder auf den Hof. Jenny war wirklich ein Glück für die beiden gewesen. Sie würden den Hof schon lange verkauft haben und wohl zu Tagelöhnern geworden sein. Pete konnte sich noch so gut daran erinnern, als ob es gestern gewesen wäre. Es hatte geregnet und er und AJ saßen in der Küche, verzweifelt und betrunken, als es leise und zaghaft an der Vordertüre geklopft hatte. Als er, mit dem Revolver in der Hand vorsichtig öffnete, sah er das durchnässte Mädchen und holte sie kurzerhand in die trockene Stube. Sie gaben ihr etwas zu essen, machten Milch heiß und sahen ihr dabei zu, wie sie den Eintopf hinunterschlang. Sie musste wahrlich hungrig sein, nicht einmal Pete und AJ aßen das Ergebnis ihrer Kochkünste gerne. Jenny sprach an diesem Abend keine Handvoll Wörter. Sie schlief im Zimmer von AJs Mutter, die schon vor Jahren gestorben war und blieb dann einfach. Sie übernahm den Haushalt, kochte für die Pete und AJ, redete ihnen gut zu, wenn es Zeit war auch einmal etwas zu tun oder aber, trat ihnen in den Arsch, wenn es nötig war. Ansonsten lief nichts zwischen der jungen Frau und den beiden Män-

Wild West Legenden

Showdown in der Mittagssonne

nern, auch wenn es Pete sich oftmals kurz vor dem Einschlafen wünschte, jetzt neben Jenny zu liegen.

Pete stopfte seine Pfeife und legte dann den Tabakbeutel auf den kleinen Tisch neben sich. Dann steckte er sie sich in den Mund und hielt das Streichholz, das er an der Hauswand entfacht hatte an den Pfeifenkopf. Langsam zog er. AJ hatte zwei Melonen in den Händen als er um die Ecke kam.

„Schau, was ich habe."

„Bestens, AJ, kannst du Jenny bringen, wir können sie nach dem Abendessen verspeisen, oder sie schneidet dir eine gleich auf, dann können wir sie hier naschen, es ist ohnehin heiß genug für Melonen."

AJ nickte nur und verschwand im Haus. Kurz darauf kam er mit einer Schüssel in der sich die Me-

Wild West Legenden

Showdown in der Mittagssonne

lonenstücke tummelten. Er setzte sich neben Pete und stellte die Schüssel auf das kleine Tischchen, auf dem auch Petes Tabakbeutel lag.

„Erfrischend diese Dinger"

„Ja, das kannst du laut sagen."

„Hab sie immer gehasst, aber jetzt, wenns so heiß ist, fast so gut wie ein kühles Bier."

„Das kriegen wir hier aber leider nicht. Da müssen wir schon in die Stadt fahren."

„Du sagst es."

*

„Alvin, sie schauen auch wieder mal vorbei?"

„Ach Wozniak, einerseits heiße ich Albin, und andrerseits sehen wir uns jeden Tag zumindest ein Mal."

„Ach, sie haben ja so Recht; ich bin aber zu müde, um das heute auszudiskutieren. Ich mach mich auf den Heimweg und sie schieben Nachtschicht. Hoffentlich schläft meine Frau schon, wenn ich ins Bett steige. Ich werde mich ohnehin noch ein wenig im Saloon umhören."

„Genau, was hat es mit dem Fremden auf sich, den sie sich ansehen wollten."

„Eigentlich nichts. Ein Fremder eben, wie sie immer wieder hier auftauchen und dann einfach wieder verschwinden. Einer von denen, die geheimnisvoll tun, weil sie keine Geheimnisse haben. Einer von denen, die nicht viel sagen, weil sie nicht viel zu sagen haben."

„Und was hat Angel berichtet?"

„Nicht viel. Er hat das Zimmer für eine Woche gemietet und im Voraus bezahlt. Er macht sein Bett selbst, das war die einzige Information, die ich von ihr bekommen habe."

„Und sein Name."

„Er hat ihn ihr nicht genannt und sie hat ihn auch nicht danach gefragt."

„Hätte sie aber sollen, zumindest ist-"

„Ich weiß was sein soll und was nicht, ich bin hier der Sheriff! Aber du weißt genau, wie das funktioniert. Jemand kommt, bezahlt und geht wieder."

„Und Angel ist das ohnehin gleich, die möchte ihr Geld."

„Die möchte ihr Geld und ihren Fusel anbringen, und wenn es sich ergibt, dann noch ein bisschen mehr. Egal, ich mach mich jetzt auf den Weg, vielleicht treff ich ihn ja persönlich, dann sehe ich ihn mir an."

„Machen sie das Wozniak. Gibt es sonst etwas, das ich wissen sollte?

„Nein, hier passiert nichts, das wissen sie ja selbst am besten. Gute Nacht, Kemmer."

„Gute Nacht Sheriff."

Wozniak zog die Türe hinter sich ins Schloss, dann machte er sich auf den Weg zum Saloon. Wenn es Neuigkeiten gab, dann würde er sie dort erfahren. Langsam ging

Wild West Legenden
Showdown in der Mittagssonne

er die Straße hinunter. In den Häusern brannten vereinzelt Lampen, ansonsten war es hinter den Fenstern dunkel und still. Um diese Zeit, war fast niemand mehr unterwegs, ausgenommen auf dem Heimweg vom Saloon. Dort brannte auch noch Licht. Sheriff Wozniak stieß die Flügel der Eingangstüre auf und trat ein.

*

Joe Tarp hatte gerade seine Morgenwäsche am Brunnen hinter der Schmiede abgeschlossen, als er sich, nachdem er sein Hemd wieder übergezogen hatte, umdrehte und direkt in die Augen des Fremden sah. Er hatte umgehend ein schlechtes Gewissen, würde er wissen, dass er beim Sheriff gewesen war. Nein, das konnte nicht möglich sein, Wozniak würde nie

Wild West Legenden

Showdown in der Mittagssonne

seine Quelle – seine einzige Quelle – preisgeben. Und warum auch, der Fremde war da, alle konnten ihn sehen, es war also kein Geheimnis. Und musste Angel nicht ohnehin alle Gäste ihrer Absteige melden. Tarp war noch nicht zum Abschluss seiner Gedanken gekommen, als der Fremde ihn ansprach.

„Ich bin auf der Suche nach diesem Mädchen." Er hielt Joe die Fotographie des jungen Mädchens hin. Tarp warf einen kurzen Blick darauf und sagte dann: „noch nie gesehen."

„Sind sie sicher, sie soll hier leben."

„Hier leben viele, glauben sie, dass ich die alle kenne?"

„Ich bin mir ziemlich sicher, dass du hier alle kennst, zumindest kennen sie dich, Joe."

Tarp fühlte sich sichtlich unwohl in seiner frisch gewaschenen Haut. Was wollte der Fremde damit sagen, dass ihn hier alle kannten? Natürlich kannten ihn hie alle.

„Also? Es soll nicht zu deinem Schaden sein, da springt ganz klar ein Dollar für dich raus, ist doch leicht verdientes Geld; kennst du sie?"

„Wenn sie hier wohnen würde, dann würde ich sie kennen, oder zumindest käme mir das Gesicht bekannt vor."

„Sie ist nicht mehr ganz so jung wie auf der Fotographie, es wurde vor ein paar Jahren aufgenommen."

„Mein Gott, sie zeigen mir eine Aufnahme, die ein paar Jahre alt ist und ich soll wissen wer das ist? Wie stellen sie sich das vor?" Tarp nutzte die Situation um sich langsam zu entfernen. Er schlug sich mit der flachen Hand auf die Stirn und schüttelte den Kopf während er langsam in Richtung Hauptstraße ging. Als er sich noch einmal kurz umdrehte, war der Fremde verschwunden. Tarp fühlte sich noch unheimlicher als vorher. Auf den Schreck hinauf musste er umgehend zu Russel Scott, um seine Nerven zu beruhigen. Er hatte gleich gewusst, dass mit dem Typen etwas nicht in Ordnung sein musste. Und was hatte der Sheriff gemacht? Offensichtlich nichts. Auf niemand konnte man sich heutzutage noch verlassen.

*

Im Büro des Sheriffs war Deputy Kemmer gerade dabei sich den dritten Kaffee des Tages zu kochen. Um neun Uhr erschien, pünktlich wie immer - und keine Sekunde früher - Sheriff Wozniak um sich einen genauen Bericht der vergangenen Nacht geben zu lassen. Dieser fiel, wie gewohnt, relativ belanglos aus. Es war nicht berichtenswertes geschehen. Keine Schießerei und keine Schlägerei, eine ruhige Nacht, sozusagen. Als Kemmer auf die Straße tritt, steht die Sonne schon wieder weit über ihm am Himmel und scheint mit all ihrer Stärke auf das kleine Städtchen herab. Jetzt ging es aber noch, in ein paar Stunden, ab der Mittagszeit, war es ratsam sich in seinen eigenen vier Wänden auf-

Wild West Legenden

Showdown in der Mittagssonne

zuhalten, oder dem Saloon einen Besuch abzustatten. Kemmer schlenderte die Straße entlang, grüßte die alte Mrs. Smith, von der jeder hier wusste, dass sie nicht wirklich so hieß, sondern sich nach dem Tod ihres Mannes, und das war Jahrzehnte her, einfach nur noch Mrs. Smith nannte. An ihren richtigen Namen erinnerte sich so gut wie niemand mehr. Kemmer überlegte, ob er etwas dringend benötigte, denn gerade sah er, wie Mister Horatio eine Kiste mit Gurken vor seinem Laden aufstellte. Aus dem Augenwinkel sah er wie Kemmer langsam vorbeischritt. Als dieser passiert hatte, richtete sich Horatio auf und sah dem Deputy nach. Er schüttelte langsam den Kopf, wischte sich den Schweiß von der Stirn und verschwand wieder in seinem Laden. Kemmer bog von der Hauptstraße nach links ab und blieb jäh stehen. Vor ihm

Wild West Legenden

Showdown in der Mittagssonne

stand Joe Tarp mit einem Blick, als hätte er den Leibhaftigen gesehen.

„Hey Joe, was ist mit ihnen los, haben sie ein Gespenst gesehen?"

„Kein Gespenst, schlimmer."

„Schlimmer als ein Gespenst, los, erzähl!"

„Sie haben doch sicher schon von Sheriff Wozniak gehört, dass hier seit ein paar Tagen, ein Fremder sein Unwesen treibt."

„Sein Unwesen treibt?"

„Ja, ich hab ihn gesehen."

„Und was hat er getan?"

„Er hat mir ein Bild gezeigt."

„Er hat ihnen ein Bild gezeigt, mhm, und weiter?"

„Er zeigte mir die Fotographie eines Mädchens."

„Und weiter?"

„Er sucht das Mädchen."

„Ach so, Joe, er sucht also jemanden."

„So ist es, Deputy."

„Und deswegen siehst du so aus, als hättest du den Leibhaftigen gesehen?"

„Nun ja, Deputy, was springt für mich dabei raus?"

„Was soll für dich dabei rausspringen?"

„Das genau ist ja die Frage."

„Was weißt du denn noch, etwas das es wert ist, dass etwas für dich herausspringt?"

„Ich weiß wer auf der Fotographie ist."

„Ach Joe, du weißt ganz genau, dass, wenn du Informationen für die Behörden zurückhältst, du eine feine, kleine Zelle im Büro des Sheriffs bekommst. Bei Wasser und Brot. Wasser!"

„Jetzt seien sie doch kein Spielverderber."

Kemmer kramte in seiner Hosentasche und brachte zwei Münzen zum Vorschein.

Wild West Legenden
Showdown in der Mittagssonne

„Ein Whisky wird sich da wohl ausgehen."

Joe Tarp griff nach den Münzen ohne einen Blick auf ihren Wert zu werfen und steckte sie ein. Dann sah er Kemmer verschwörerisch in die Augen.

„Es ist Jenny, Jenny ist auf dem Bild."

*

Als Kemmer Jenny kennenlernte, führte sie schon ein halbes Jahr Pete und AJ den Haushalt. Er hatte sie zufällig angetroffen, als sie im Hof die frisch gewaschene Wäsche aufhing. Sie hatte ihn erst gar nicht bemerkt, sich dann kurz erschreckt aber gleich wieder erholt. Kemmer stellte sich als Deputy vor und Jenny als Jenny. Als er sie darauf ansprach, dass er sie

Wild West Legenden

Showdown in der Mittagssonne

jemals daran denken, sich zu vermählen, nur der andere dafür in Frage kam.

*

hier noch nie gesehen hatte, sagte sie ihm, dass sie eine entfernte Verwandte der beiden war. Und da Petes Frau tot war, führte sie ihm und seinem Sohn vorübergehend den Haushalt. Dass an dieser Geschichte etwas faul war, roch Kemmer meilenweit gegen den Wind. Er sprach Jenny aber nicht darauf an, sondern würde später - was er dann auch tat - Pete darauf ansprechen. Der erzählte ihm, schießlich war Kemmer ja der Deputy, frei heraus, wie Jenny plötzlich vor ihrer Tür stand und seitdem, ohne darüber viele Worte zu verlieren, bei ihnen wohnte. Mehr konnte er auch nicht sagen. Jenny war Jenny und sie kümmerte sich um alles, worum sich die beiden nicht kümmern konnten, sprich den gesamten Haushalt. Kemmer fand Gefallen an Jenny und Jenny an Kemmer. Es war eine unausgesprochene Übereinkunft, dass, sollte einer der beiden

AJ bemerkte den Fremden erst, als er schon von seinem Pferd abgestiegen war. Das Tier musste darauf trainiert sein, sich äußerst leise fortbewegen zu können. AJ stand auf der Veranda.

„Wie kann ich ihnen helfen, Sir?"

„Ich hole Mary."

„Mary? Hier gibt es keine Mary!"

„Ich denke schon, nennt sie sich jetzt anders?"

„Ich weiß nicht, was sie meinen", man konnte die Anspannung in AJs Stimme hören.

„Ich bin mir ziemlich sicher, dass du weißt, worüber ich spreche. Ich weiß, dass Mary bei euch wohnt, wo ist sie?"

„Wie ihnen schon sagte, Sir, hier gibt es keine Mary."

„Ich werde nachsehen."

„Ich glaube nicht, dass das gut ist."

„Was willst du tun, Junge?"

Ohne eine Antwort abwartend, stieg der Fremde die drei Stufen auf die Veranda empor, ließ AJ neben sich stehen und betrat das Haus. AJ beschloss, lieber im Freien zu bleiben, drinnen konnte er ohnedies nichts ausrichten. Pete und Jenny waren vor etwa einer halben Stunde mit dem Wagen aufgebrochen um zu den Millers zu fahren. AJ hörte den Fremden, wie er Kästen öffnete, offensichtlich nichts fand, einmal kurz auflachte und dann wieder aus dem Haus heraustrat.

„Ich werde wieder kommen! Sag Mary, dass sie ihre Sachen packen soll, denn ohne sie werde ich nicht gehen." Mit diesen Worten drehte er sich um, stieg auf seinen Gaul und gab ihm die Sporen. Er verschwand in einer Staubwolke und ließ den zitternden AJ in der Sonne zurück.

*

Joe Tarp saß vor dem Saloon, in der Hoffnung, dass ihn jemand einladen würde. Es war keine Seltenheit, dass der eine oder andere,

Wild West Legenden

Showdown in der Mittagssonne

für ihn etwas springen ließ. Oftmals geschah das auch erst, wenn jemand angeheitert den Saloon wieder verließ. Für Joe zahlte sich die Warterei aus, denn wenn er nichts bekam, hatte er auch nichts verloren.

Russel Scott trat aus seinem Saloon. „Was machst denn du da, Joe?"

„Ach, ich warte, dass für mich auch etwas abfällt."

„Wie ein Straßenköter, ein räudiger."

„Ach, lass mich doch, ich tu dir ja nichts. Gäste kannst ich dir ja ohnehin keine verscheuchen und das Landschaftsbild, das gibt hier ohnedies nichts her. Somit lass mich einfach."

„Ach Joe, ich lass dich ja. Hab ich dich hier jemals verjagt, du musst zugeben, dass das noch nicht vor-

Wild West Legenden

Showdown in der Mittagssonne

gekommen ist, also warum sollte ich jetzt damit anfangen?"

„Wie recht du nicht hast."

„Eben, und weil du so einsichtig bist, lass ich dich auch hinein, komm, ich spendier dir ein Bier!"

„Generös, generös, mein Lieber, wie kommt es dazu?"

„Bin einfach gut aufgelegt."

„Und warum, wenn man fragen darf?"

Russell Scott ging wieder in seinen Saloon und Joe trabte unterwürfig hinter ihm her. Er stellte sich in freudiger Erwartung an den Tresen und sah Scott bei jedem Handgriff zu. Kurz darauf hatte er ein volles Glas Bier vor sich stehen. Er nahm es in die Hand, hob es hoch und prostete dem Wirten zu. Dieser nickte nur und sah Joe dabei zu, wie er das Glas in einem Zug bis zur Hälfte leerte.

„Einen Whisky zum Nachspülen?"

„Wenn du meinst", sagte Joe Tarp verdattert. Was war mit Scott los, war er auf eine Goldader gestoßen oder hatte er sich verlobt?

„Was ist los mit dir", fragte Tarp als Russel Scott den Whisky vor Joe hinstellte.

„Nichts. Hab heute nur ein wenig mehr verdient als sonst, und das ohne jeglichem Aufwand."

„Ich verstehe kein Wort von dem was du sagst."

„Ach Joe, du weißt doch, dieser Fremde, er ist von der Versicherung, er war auf der Suche nach Jenny, du weißt schon, Jenny die bei Pete und seinem Sohn wohnt."

„Ja, und weiter?"

„Na er wollte einfach nur wissen, wo sie wohnt, irgendein Onkel von ihr hatte eine Versicherung abgeschlossen, die nun, aufgrund seines Ablebens ausbezahlt werden sollte, und da sie die einzige Anverwandte ist – verstehst du."

„Und was hast du davon?"

„Zehn Dollar. Er meinte, er kann mir zehn Dollar von seinen Spesen geben, da er, wenn er Jenny finden kann, selbst eine Provision bekommt."

„Und das glaubst du wirklich?"

„Was soll das heißen, Joe?"

„Ich glaube ja viel, aber dass dieser Typ von einer Versicherung ist und Jenny nun mit einer stolzen Summe überraschen möchte, das glaube ich definitiv nicht."

„Aber-"

„Ich weiß wirklich nicht was da dahinter steckt, aber ich kann nur sagen, wir sollten uns beeilen. Hoffentlich ist es noch nicht zu spät."

Joe Tarp trank das restliche Bier aus, kippte den Whisky nach und verließ eilenden Schrittes den Saloon mit dem plötzlich so stillen Russel Scott.

*

„Albin!"

Es klopfte heftig an Kemmers Tür.

Wild West Legenden

Showdown in der Mittagssonne

„Albin, bist du da?"

Es war Pete. Kemmer warf sich das Hemd über und ging zur Türe. Er hatte sich nach seiner Nachtschicht kurz aufs Bett gelegt um sich auszuruhen. Er hatte vor, am Nachmittag zu Jenny zu reiten, um herauszufinden, was hier los war. Offensichtlich war er müder als gedacht, es war kurz nach vier Uhr am Nachmittag.

„Was gibt es, Pete?", fragte Kemmer als er die Türe öffnete.

„Nichts Gutes, es kann nicht gut sein."

Pete trat ein und ließ sich umgehend auf einen der beiden Stühle im Raum fallen.

„Wie siehst du denn aus, Pete, was ist passiert?"

„Noch nichts, oder doch! Jemand war heute bei AJ, als Jenny und ich ein Schaf zu den Millers ge

Wild West Legenden

Showdown in der Mittagssonne

bracht haben. AJ war total verstört als wir wieder zurückkahmen."

„Was war los, wer war denn da?

„AJ kannte ihn nicht, er war ihm gänzlich fremd, hat ihn noch nie gesehen."

„Und was wollte er?"

„Er wollte Jenny."

„Was?"

„Er wollte Jenny mitnehmen. Er wusste, dass sie bei uns wohnte und er wollte sie mitnehmen. Er hat das ganze Haus durchsucht, aber wir waren ja nicht da. AJ hatte furchtbare Angst. Er war richtig bleich als wir wieder da waren."

„Ich verstehe trotzdem nicht. Ein Fremder möchte Jenny mitnehmen, das klingt so absurd."

„Ist es auch."

„Und was sagt Jenny dazu?"

„Das ist ja, sie sagt gar nichts. Sie fiel fast in Ohnmacht, als AJ die Geschichte erzählte. Sie versuchte zwar, sich nichts anmerken zu lassen, doch man konnte es ihr trotzdem ansehen."

„Ok, Pete, ich komme zu euch. Muss mich nur anziehen vorher."

„Und Albin, er kommt wieder, er sagte, dass er dann Jenny mitnimmt."

„Ich sagte ja, ich komme. Gib mir fünf Minuten."

Während sich Kemmer sein Gesicht in der Waschschüssel wusch, danach sein Hemd zuknöpfte und in die Jeans steckte, hörte man jemanden keuchend die Stufen hinaufsteigen. Kemmer griff nach seinem Colt, als die Schritte vor seiner Tür Halt machten. Leise näherte sich der Deputy der Türe, griff zum Knauf und öffnete diese ruckartig. Joe Tarp stand da, völlig außer Atem.

„Deputy, der Fremde, der, der sich bei Angel einquartiert hat, er ist hinter Jenny her!"

„Joe, beruhige dich, ich weiß es schon. Ich bin schon unterwegs."

„Aber woher?"

„Pete hat es mir erzählt."

„Ah, Pete, ja, gut. Und jetzt?"

„Nichts Joe, ich werde mit Pete zur Farm reiten und dann sehen wir weiter.

*

„Sein Name ist Elijah und er ist mein Mann.„

Stille durchzog den Raum, nur das leise Atmen der vier Personen war zu hören.

„Wir wohnten in Springfield, hatten eine kleine Farm, mein Vater hatte sie uns übergeben und wir waren dabei ein ganz normales Leben zu führen. Elijah war ein angesehener Junggeselle gewesen, an dem viele Frauen interessiert waren. Ausgesucht aber hatte er mich. Doch wie ihr euch denken könnt, war ich nicht die einzige. Ich war die, die daheim auf ihn warten durfte, die seine Eskapaden erdulden durfte und die, die sich dem Getuschel der anderen entziehen musste, wenn sie einkaufen ging. Als er mich umgarnte und mir vermitteln wollte, dass ich seine einzige sei, beneideten mich alle anderen Frauen. Doch kurz nachdem wir geheiratet hatten, war sein Interesse an mir verpufft und Elijah ging wieder seiner Wege. Er machte seine Geschäfte, die ihn mit den zwielichtigsten Typen der Stadt zusammenbrachte, er hatte seine Mädchen, die er benutzte und dann wegwarf und er hatte mich, die für ihn sorgte und die für ihn da war, wenn er wieder jemanden brauchte, an dem er seine Wut auslassen konnte. Als mein Vater dann starb, meine Mutter war schon kurz nach meiner Geburt gestorben, wurde mir erst so richtig klar, wie alleine ich war. Ich führte den Haushalt, ging sonntags zur Kirche, erfüllte meine Pflicht als Ehefrau und ließ mich, ganz wie es Elijah in den Sinn kam, auch von ihm demütigen und schlagen. Alle die uns kannten bedauerten mich oder lachten über mich. Doch es ist kein Leichtes für eine Frau, ohne

Wild West Legenden

Showdown in der Mittagssonne

Geld, ohne Rückhalt, einfach so zu gehen. Doch es musste sein. Und so verließ ich ihn, nachdem er eines Morgens wieder weggeritten war. Er hatte mich in der Nacht davor wieder geschlagen, mich – zur Versöhnung - vergewaltigt und war dann neben mir eingeschlafen. Ich überlegte kurz, ob ihn nicht töten sollte. Möglichkeiten dazu gab es viele und wahrscheinlich würde niemand diese Angelegenheit untersuchen wollen, doch ich besann mich darauf, nicht so werden zu wollen wie er war, ich wollte nichts Unrechtes tun. Ich wollte einfach nur weg. Und so nahm ich meine Dokumente, das Geld, das ich hinter Elijahs Rücken gespart hatte, ein paar wenige Kleidungsstücke und verließ kurz nach meinem Mann unser Haus. Ich hatte mir, zu meinem Erschrecken, aber nicht überlegt, wohin ich wollen würde, was mein Ziel war. Weg war ich,

aber ich wusste nicht wohin ich wollte. Ich kaufte mir eine Fahrkarte bis zum Ende der Linie. Wenn ich einmal angekommen war, würde ich schon wissen, was mit mir weitergeschehen sollte. Ich würde mir ein kleines Zimmer nehmen und Arbeit suchen. Ich habe mich nie davor gescheut, zu arbeiten. Wie ich schon sagte, meine Mutter war früh gestorben und ich half meinem Vater wo ich nur konnte. Ich trage seit diesem Tag auch wieder meinen Mädchennamen, dem Gesetz nach heiße ich aber Williams. Es war nicht schwer, alle meine Dokumente lauten ja auf Farrell, Williams steht nur auf meiner Heiratsurkunde. Ich kam also in Charlotte an und suchte mir ein Zimmer, das ich mir für die nächsten Wochen leisten konnte. Dann machte ich mich auf, um mir eine Anstellung zu suchen. Auch das fiel mir nicht schwer. Ich fand einen Platz als Hausmädchen mit der Aussicht, wenn die derzeitige Wirtschafterin nicht mehr zur Verfügung stehen würde, ihren Platz einnehmen zu können. Ich fühlte mich zum ersten Mal seit langer Zeit geschätzt und nicht wie der letzte Dreck. Und was noch viel wichtiger war, ich fühlte mich zum

Wild West Legenden
Showdown in der Mittagssonne

ersten Mal seitdem ich Elijah kennengelernt hatte, wieder frei."

Jenny machte eine Pause. AJ warf einen Blick in die Runde. Wie gebannt saßen Kemmer und Pete auf ihren Stühlen. Niemand sagte etwas, niemand fragte nach. Es war Jennys Geschichte, sie sollte sie so erzählen können, wie sie es wollte und wie sie es für richtig empfand. Was sie preisgeben wollte, war ihre Entscheidung.

„Und dann sah ich ihn. Ich war gerade auf dem Heimweg, es war noch nicht all zu dunkel und ich war zu meinem Glück nicht alleine auf der Straße unterwegs. Er stand in einem Hauseingang, schräg gegenüber von meiner Pension, in der ich mein Zimmer bewohnte. Das bisschen Glück, das ich an diesem Abend hatte, war folgendes; er hatte mich nicht gesehen, verließ just seinen Platz, von dem aus er wohl auf mich ge-

Wild West Legenden

Showdown in der Mittagssonne

wartet hatte, und ging in etwa dreißig Meter vor mir die Straße entlang. Mein Herz schlug mir bis zum Hals und ich hatte panische Angst. Wie konnte es nur sein, dass er mich gefunden hatte? Jemand musste ihm am Bahnhof gesagt haben, wohin ich gefahren war, für welche Stadt ich meine Fahrkarte gelöst hatte. Ich war einfach zu dumm gewesen. Ich hätte meine Spuren verwischen sollen. Doch nun war es zu spät. Ich wusste nicht wie viel Zeit mir bleiben würde, stürzte die Stufen zu meinem Zimmer hinauf, warf ein paar wenige Kleidungsstücke in meinen kleinen Koffer, schnappte meine Dokumente und den Großteil meines Geldes. Etwas davon ließ ich am Tisch liegen, um meine Rechnung zu begleichen. Dann schlich ich mich durch den Hinterhof aus dem Haus und ging zum Bahnhof wo ich in den nächsten Zug stieg.

Nun begann eine abenteuerliche Reise für mich. Ich war auf der Flucht und hatte Angst. Ich wusste nicht, wie weit ich weg musste, um endlich in Frieden leben zu können. Ich fuhr von Stadt zu Stadt, blieb immer nur für kurze Zeit und bald bemerkte ich, dass mein Geld nicht mehr lang reichen würde. Doch wo sollte ich mich niederlassen? Elijah hatte mich schon einmal gefunden, die Möglichkeit, dass er mich wieder fand, bestand zumindest in der Theorie. Letztendlich, als ich mir keine Unterkunft und in Folge keine Fahrkarte mehr leisten konnte, ließ ich mich darauf ein, bei jemandem mitzureisen, der dabei war, eine Kutsche zu überstellen. Und so kam ich letztendlich hierher. Trotz meiner Furcht war ich naiv genug, an diese Tür zu klopfen und hierzubleiben."

Kemmer ließ die abenteuerliche Geschichte auf sich wirken. Er kannte Jenny nun schon eine gewisse Weile, dass er davon ausgegangen war, dass es keine Geheimnisse oder zumindest keine Geheimnisse in einem solchen Ausmaß zwischen ihnen gab. Andrerseits war gekränkter Stolz jetzt auch keine Hilfe. Es ging um

Jenny und um ihre Sicherheit, nicht um seine verletzten Gefühle. Sie hatte schon genug durchmachen müssen und es war an der Zeit ihr zu zeigen, dass es im Leben nicht immer nur schlecht ausgehen musste.

„Ich werde morgen aufbrechen, um euch keine Scherereien zu bereiten."

„Also ganz bestimmt wirst du das nicht tun, wir sind für dich da, wie du für uns da warst", sagte Pete und fühlte sich ein wenig heroisch dabei."

„Das ist ganz klar, du wohnst hier, das hier ist dein Zuhause und niemand wird dich von hier fortholen, schon gar nicht gegen deinen Willen." Kemmers Blick war entschlossen.

„Genau", fügte nun auch AJ hinzu.

„Heldenhaft, äußerst heldenhaft."

In der Tür stand Elijah Williams, den Colt im Anschlag und ein dreckiges Grinsen im Gesicht. Das Entsetzen in Jennys Augen war nicht zu beschreiben. Die Angst, die sie vor diesem Mann offensichtlich zu haben schien, musste unermesslich sein.

Wild West Legenden
Showdown in der Mittagssonne

„Williams, es ist eine ganz klare Angelegenheit. Jenny möchte nicht mit ihnen mitgehen, also verlassen sie dieses Haus und verlassen sie die Stadt, gehen sie dorthin wo sie willkommen sind, hier sind sie es nicht!"

„Sie sind wohl der edle Ritter, damit ist die Rollenverteilung geklärt. Jenny, hol deine Sachen, wir machen uns auf den Weg."

Jenny saß wie versteinert auf ihrem Stuhl. Die Angst war immer noch in ihren Augen, doch eine kleine Veränderung schien nun vor sich zu gehen. „Nein", sagte sie, „ich bleibe hier!"

„Ach so? Nun, dann werde ich dich einfach so mitnehmen, du weißt, dass ich das kann."

„Sie hören doch, dass sie nicht will. Gehen sie, oder ich werde sie verhaften."

Wild West Legenden

Showdown in der Mittagssonne

„Verhaften, hm, deswegen tragen sie wohl auch diesen verdreckten Stern. Muss ja mächtig wichtig sein für sie, dieses Weib."

„Was zwischen Jenny und mir sein mag, geht sie gar nichts an."

„Ich denke schon, denn ich bin, und das ist wohl verdammt wichtig für sie, vor dem Gesetz, ihr angetrauter Ehemann und Familienvorstand. Ich, und nur ich, kann entscheiden, wo sie wohnt."

Williams hielt zwar die ganze Zeit über den Colt in seiner Hand, zielte aber schon lange nicht mehr auf jemanden in der Runde. Kemmer erhob sich jetzt, drehte sich zur Seite und machte, die rechtete Hand auf den Griff seines Colts legend, einen Schritt auf Williams zu.

„Verlassen sie auf der Stelle dieses Haus, sie sind hier nicht erwünscht."

„Wieder der Ritter, ich bin so stolz auf sie. Aber machen wir es doch wie Männer, die anderen drei brauchen wir nicht dazu. Wenn die Sonne am höchsten steht, morgen Mittag, ein Duell, wer gewinnt, bekommt das Mädchen, wie im Märchen. Ich erwarte sie. Gleich vor der Stadt, dort wo die Felsen sinnlos im Sand herumliegen. Wenn sie nicht kommen, dann werde ich hierherkommen und mir holen, was mir zusteht, mit allen erdenklichen Mitteln."

Williams ließ seine Zähne kurz aufblitzen, schenkte den Anwesenden ein zynisches Grinsen und warf die Tür hinter sich zu. Stille und Angst verbreitet sich wieder im Raum.

*

Es war knapp vor Mittag. Sheriff Wozniak war kurz davor die Türe zum Büro des Sheriffs zu versperren, es war Zeit für seinen Mittagsschlaf und wie üblich, vor allem bei dieser Hitze, nichts los. Im Saloon saß niemand, Russel Scott hielt ein Nickerchen und

Mr. Horatio las in seinem Hinterzimmer in einer seiner Zeitungen. Angel saß auf ihrer Veranda und rauchte eine Zigarette. Auf der Hauptstraße war keine Menschenseele unterwegs und selbst die Straßenköter hatte sich in den Schatten zurückgezogen. Nicht unweit der Stadtgrenze aber, hatten sich einige Wenige versammelt und trotzten der Mittagshitze. Joe Tarp saß auf einem Stein und fuhr sich immer wieder durch das schüttere Haar. Jenny lehnte zwischen AJ und Pete am Wagen. Die Pferde hatten sie ausgespannt, damit diese im Schatten grasen konnten. Die Sonne brannte vom Himmel und allen lief der Schweiß über die Stirn in die Augen. Kemmer stand etwas abseits und überprüfte seinen Revolver. Er ließ die Trommel rotieren, klappte sie wieder ein, entsicherte und sicherte die Waffe wieder. Dann ließ er sie wieder im Holster verschwinden, nicht ohne sie umgehend wieder hervorzuholen. Er wusste, dass er nicht der schnellste Schütze war, doch er war sich darüber im Klaren, dass er der einzige war, der die Angelegenheit heute ein für alle Mal regeln konnte. Er war die Nacht über alleine gewesen, hatte versucht sei-

Wild West Legenden

Showdown in der Mittagssonne

ne Gedanken zu ordnen, und war doch immer wieder auf denselben Punkt gekommen: heute würde die Entscheidung fallen. Kemmer drehte sich nun wieder zu den anderen, kurz trafen sich seiner und Jennys Blick, doch sie wendete sich umgehend von ihm ab. Hatte er eine Träne erblickt? Sie versuchte sich so gut wie möglich nichts ansehen zu lassen, versuchte stark zu sein, doch es war keine dieser Situationen, in der man stark sein musste. Und dann war er da. Wie er gekommen war, konnte niemand mehr sagen. Es waren keine Hufe hörbar gewesen, plötzlich trat er hinter dem Felsen hervor, die rechte Hand am Griff seines Colts und mit zugekniffenen Augen, die letzlich nur noch Schlitze schienen. Er hatte sich seinen Hut gerade so weit ins Gesicht gezogen, dass die Sonne ihn nicht blenden konnte.

Wild West Legenden

Showdown in der Mittagssonne

Pete sah auf seine Taschenuhr, es war zwei Minuten vor zwölf.

„Joe, du musst beginnen, es ist gleich zwölf."

Joe Tarp blickte auf und auch wenn er es sich nicht anmerken ließ, jeder Schritt fiel ihm schwer, jeder Meter in jene ungewisse Zukunft, die nun vor ihnen allen lag.

„Meine Herren, sie kennen die Regeln. Fünfundzwanzig Schritte und Schuss. Ich zähle. Schießt jemand zu früh, wird er von Pete erschossen. Ich denke, wir fangen an. Bitte um die Aufstellung."

Kemmer und Elijah kreuzten kurz ihre Blicke, drehten sich mit dem Rücken zueinander und warteten auf Joe Tarps Kommando. Die Stille schrie so laut sie konnte.

„Meine Herren: eins, zwei, drei, vier, fünf, sechs, sieben-„

Schritt für Schritt setzte Kemmer einen Fuß vor den anderen. Ebenso tat das Elijah. Im Sekundentakt spuckte Joe Tarp die Worte aus, als wären sie ein Gift, das ihn langsam aber sicher umbrachte.

„acht, neun, zehn, elf, zwölf, dreizehn, vierzehn-„

Pete spürte wie sich Jenny immer fester an ihm anhielt, wie sich ihre Finger in seinen Unterarm bohrten, wie sehr sie zitterte und wie sehr sie versuchte, dies zu verbergen. Es gelang ihr in keinster Weise. AJ stand daneben und blickte gebannt auf die Szenerie. Er vergaß, sich, ob der in der Luft hängenden Spannung, den Schweiß von der Stirn zu wischen, der ohne Unterbrechung in seine Augen lief und dort höllisch brannte. Die Sonne beobachtete das Schauspiel aus ihrer sicheren Entfernung am Firmament.

„fünfzehn, sechzehn, siebzehn, achtzehn, neunzehn, zwanzig, einundzwanzig-„

Die Möglichkeit eines Zurücks hatte es von Anfang an nicht gegeben.

„zweiundzwanzig-„

Elijah würde die Stadt nicht mit leeren Händen verlassen.

„dreiundzwanzig-„

Und niemand würde ihn davon abhalten können, sich das zu nehmen, von dem er überzeugt war, dass es ihm gehörte.

„vierundzwanzig-„

Und Kemmer würde ihn nicht ziehen lassen.

„fünfundzwanzig!"

Zeitgleich drehten sich Kemmer und Elijah um und ein Schuss, der bis in die Stadt zu hören war, riss ein Loch in den Vorhang der Stille und Kemmer schweißgebadet

Wild West Legenden

Showdown in der Mittagssonne

aus dem Schlaf. Die Leuchtziffern seines Weckers zeigten, dass es kurz nach Mitternacht war. Was für ein Traum, dachte Kemmer bei sich und wischte sich den Schweiß von der Stirn. Dann stand er auf und ging ins Bad.

ENDE

Kemmer ermittelt wieder in

Kemmers Weihnachten

erscheint im Herbst 24

Machen Sie es wie Rayoninspektor Albin Kemmer und legen Sie sich die passende Abendlektüre, wie zum Beispiel die beiden Sammelbände aus der Reihe Kemmer ermittelt, auf den Nachttisch. Jeder Band enthält vier bisher erschienen Kemmer-Romane, sowie einen Sonderband.

Der nächste Sonderband, der Reihe Kemmer ermittelt, erscheint im Sommer 25! Fiebern sie mit bei Albin Kemmers Dschungelabenteuer!

„Im Sommer hab i vü öfters an Steifen, Herr Inspektor." Der Unterstandslose Josef Hirtal hält keinerlei Information zurück. Was hat es mit dem Toten am Friedhof der Namenlosen auf sich, den Josef Hirtal findet? Und wieso liegt, nicht einmal eine Woche später, eine weitere Leiche auf einem Friedhof in Simmering? Albin Kemmer stellt sich diesen Fragen, doch möchte er deren Antwort wirklich wissen?

Lesen Sie auch SIMMERING. Albin Kemmers letzte Tage im 11. Wiener Gemeindebezirk.

Taschenbuch, 2015. 156 Seiten. 9,50 € ISBN: 978-3738651669. Erhältlich im Fachhandel.

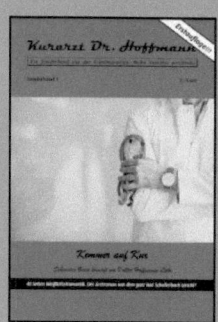